L'ÉTÉ DU BONHEUR

Derniers romans parus dans la collection Delphine :

L'ENLISEE
par Isobel STEWART
LE VRAI REGARD
par Ivy VALDES
UN AMOUR, UN SACRIFICE
par Mavis HEATH-MILLER
LA MAISON DES DOUZE CESARS
par Phyllis HASTINGS
LA PREMIERE FIANCEE
par Monica HEATH
UN MARI EN HERITAGE
par Mary RAYMOND
SYMPHONIE EN BLANC
par Flora SAINT-GIL
LA GRIFFE DU PASSE
par Rachelle SWIFT
SUR UN AIR DE JAZZ
par Jacqueline BELLON
LA SORCIERE DE LA LANDE
par Florence HURD
POUR UN JEU D'ECHECS
par Mary FORKER FORD
L'INFIRMIERE DE FANNY
par W.E.D. ROSS
LE FUGITIF DE LA VALLEE
par June MORTIMER

A paraître prochainement :

POUR ETRE CHATELAINE
par Sarah FARRANT
RETOUR AU PORT
par Susan PLEYDELL

Micheline CLOOS

L'ÉTÉ DU BONHEUR

ROMAN INÉDIT

LES EDITIONS MONDIALES
2, rue des Italiens — Paris-9ᵉ

PREMIÈRE PARTIE

CHAPITRE PREMIER

1

Un rayon de soleil vint cueillir Jacques Sauviernes au sortir du sommeil en se glissant, encore
un peu timide, par les interstices des volets mal
clos. Pendant quelques minutes celui-ci demeura
paresseusement étendu dans le lit dont les draps
sentaient bon la lavande, encore à demi endormi.
Puis, s'étirant avec la nonchalance d'un chat, il se
leva et alla repousser les deux battants de bois. La
lumière pénétra dans la chambre en un flot doré.
Jacques se pencha et respira profondément la bonne
odeur tiède du printemps.

Les arbres des vergers étaient en fleurs. Une
féerie de rose et de blanc, sur des centaines de
mètres.

Un long moment, les yeux du garçon s'attardèrent sur ces promesses de l'été, tandis que le soleil
s'amusait à caresser ses épaules nues.

La pointe du jour ! L'heure où les oiseaux don-
nent la mesure de leur talent ! l'heure où la terre

frissonne sous l'appel des premiers rayons de soleil.
L'heure douce, mystérieuse et tendre, où le rêve
s'attarde un moment encore avant de reculer et de
disparaître devant la réalité.

Dans la vaste cour de terre battue où couraient
des rubans de mousse, semblables à de longs ser-
pents verts, les dépendances — remises, hangars,
écuries — dissimulaient leur grisaille sous une luxu-
riante vigne vierge et s'appuyaient au mur de clôture qui allait se perdre très loin, dans la masse à
peine verte de la forêt. A gauche, au-delà du jardin
potager, séparés de lui par une large haie de lilas,
les vergers de *la Roncière* s'étendaient à perte de
vue. A droite, un puits, dont la margelle, en grosse
meulière, se couvrait de campanules des murailles
qui montraient déjà la pointe de leurs minuscules
corolles mauves.

Venant du pigeonnier, que Jacques pouvait aper-
cevoir en se penchant légèrement, on entendait des
battements d'ailes. Le premier pigeon parut sur le
seuil de son trou. Il hésita une seconde, les plumes
tout en désordre, tordant son cou souple à droite et
à gauche, et enfin s'envola pour aller se poser sur le
toit d'une remise — où il lissa son plumage —,
ouvrant ainsi le chemin à ses compagnons. Suivant
bientôt son exemple, ce fut la bruissante et roucou-
lante envolée d'une quarantaine d'oiseaux.

Le souvenir des pigeons de Notre-Dame effleura
Jacques, mais il n'éprouva pas le moindre regret.
Paris n'était pas une ville qui l'attirait particulièrement. Il y avait trop de bruit, trop de monde. Et
puis, la vie y était monotone, sans mystère, et le
garçon était à l'âge où l'on rêve de grands espaces
et de mondes nouveaux.

Un chien aboya dans le lointain. Jacques tourna
la tête vers la colline, au flanc de laquelle s'accro-
chait l'abri aux chèvres. Une vieille masure, moitié
pierre, moitié bois, où les pâtres, autrefois, venaient
chercher refuge par temps de pluie. Le chien éparpillait son troupeau de moutons.

Un jour nouveau venait de commencer dans la
lumière éblouissante du soleil.

Jacques Sauviernes avait vingt-deux ans. Très
grand, très calme en apparence mais animé d'un
feu intérieur, très mince aussi, de la minceur souple
et musclée des sportifs. Son visage, au teint mat,
avait un charme certain, sans être vraiment parfait.
Ses yeux noisette, au regard perçant, savaient, en
souriant, comme ses lèvres charnues, s'adoucir jusqu'à n'être plus que tendresse. Un caractère plutôt
stable, sérieux, sans être pour autant dénué de
gaieté, les pieds sur terre, mais qui ne dédaignait
pas la rêverie, sans laquelle la vie est un plat trop
poivré... Un garçon moderne, mais sans excès. Le
juste milieu.

Jacques ébouriffa ses épais cheveux bruns d'un
geste naturel, s'approcha de la table de chevet, prit
son paquet de cigarettes, en sortit une, l'alluma,
tout en se promettant, pour la énième fois, de cesser
de fumer, et revint s'asseoir sur le rebord de la
fenêtre.

Le dos au mur, les jambes ramenées vers la
poitrine, il fuma lentement, l'esprit soudain détaché
de *la Roncière*, ne voyant plus le temps passer.

Les yeux à demi clos, Jacques laissait ses pensées s'enrouler dans les plis secrets de l'avenir,
cédant totalement au plaisir que procure toujours
un projet caressé depuis des années. Un projet que

l'on a cultivé, tout d'abord sans y croire véritablement, un de ces projets que l'on a pétri jour après
jour, qui a pris forme doucement et dont on voit
enfin approcher la réalisation.

Le projet de Jacques ? Rien moins que le tour
du monde. Pas en touriste, confortablement installé
dans une cabine de paquebot, ou dans le fauteuil
d'un avion, mais en véritable aventurier des mers.

Bientôt il embarquerait, avec un ami, sur un
minuscule voilier à deux mâts. Il serait absent un
an, deux ans, peut-être trois. Aussi était-il venu
passer quelques jours à *la Roncière*. Un adieu à ses
parents, à son coin de terre. Et puis, ce serait le
départ... Larguez les amarres !

Jacques plissa des paupières. Il croyait déjà
sentir l'odeur iodée de la brise marine et avait
comme le goût salé des embruns sur les lèvres.

Le tour du monde ! Sans limites ! Aussi longtemps que leur fantaisie les guiderait. Aussi longtemps qu'ils pourraient vivre dans la solitude.
Aussi longtemps que le bon vent les protégerait.

Guillaume et lui partiraient de Marseille, longeraient les côtes de l'Afrique, où ils feraient quelques escales, doubleraient le cap de Bonne-Espé-
rance, traverseraient l'océan Indien pour gagner
l'archipel de la Sonde, remonteraient vers le Japon,
descendraient jusqu'en Australie, parcourraient le
Pacifique, doubleraient le cap Horn, longeraient les
côtes de l'Amérique du Sud, de l'Amérique du
Nord jusqu'au Canada et, après avoir louvoyé dans
la mer des Caraïbes, se lanceraient dans l'Atlan-
tique pour regagner Marseille.

Jacques soupira de plaisir. Depuis des mois,

Guillaume et lui, ils faisaient et refaisaient ce voyage sur des cartes...

Le cap Horn ! Il l'entendait déjà hurler à ses oreilles ! Un rude adversaire, celui-là ! Chaque fois qu'il l'évoquait, avec enthousiasme et respect, il ressentait un pincement d'inquiétude au cœur. Dame ! ce seigneur était impressionnant et redoutable !

Tout à son tour du monde, Jacques avait fumé cinq cigarettes et laissé largement passer le temps. Ce temps qui passait bien souvent trop lentement à son goût.

Le garçon fut soudain ramené à la douce réalité de *la Roncière* par les aboiements sonores de Sosie — un bas-rouge de quelques mois — qui se montrait menaçant, mais non dangereux, envers un pigeon imprudent, ou téméraire, dont l'aile avait frôlé son museau.

Jacques s'étira avec volupté.

Puis, il procéda à sa toilette, s'habilla et descendit à la cuisine où l'attirait une faim dévorante.

Philomène — surnommée amicalement Philo — s'affairait déjà à la préparation du déjeuner.

C'était une solide paysanne d'une quarantaine d'années, au large visage que semblait animer une perpétuelle gaieté, et dont l'embompoint assez généreux laissait présager les talents de cuisinière.

Philomène leva la tête à l'entrée du jeune homme, sans toutefois interrompre son travail qui consistait à pétrir de la pâte à tarte.

— Eh bien, Jacques ! lança-t-elle gaiement. C'est à cette heure-ci qu'on se lève ? Vous voilà devenu bien paresseux, il me semble.

Jacques protesta :

— Tu me dis vous, à présent ?

Le ton de Philomène se fit respectueux.

— Dame ! Un monsieur de la ville !

— Tu es sotte, Philo !

— Grand merci pour l'appréciation !

— C'est vrai ! Si tu t'imagines que les Parisiens se lèvent aux dernières heures de la matinée, tu fais une erreur grosse comme toi.

— Va, mon garçon, va ! répliqua Philomène en souriant. Chine-moi sur ma taille ! C'est la jalouseté qui te fait parler, toi qui es maigre comme un cent de clous.

— Où est grand-père ?

— Où peut-il être, sinon dans les vergers ? Il y était déjà à cinq heures, à regarder si le vent de la nuit n'avait pas trop malmené ses fleurs. Autrefois, quand tu étais gamin, c'est à peine si on pouvait te tenir au lit et tout juste si tu avais la patience d'attendre que le jour se lève pour courir la campagne.

— Sans doute parce que j'étais enfermé dix mois par an entre les murs sombres d'un collège. J'avais soif de liberté et d'espace.

Soif de liberté et d'espace ! Comme aujourd'hui. Mais alors qu'autrefois *la Roncière* suffisait à satisfaire ses désirs d'enfant, il lui fallait aujourd'hui l'immensité du monde pour satisfaire son besoin de liberté et d'espace.

— Et tu nous revenais dans un état ! dit Philomène en hochant la tête à ce souvenir. Les cheveux en broussaille ! On aurait dit que tu ne t'étais pas peigné de huit jours. Chemise et pantalon bons à raccommoder. Les bras et les jambes griffés, les

genoux arrachés, le visage barbouillé. A savoir
où vous traîniez !

— Je vous ai donné du mal, à maman et à toi.

— Ah dame ! tu n'étais pas un ange ! Je ne
voyais pas arriver les vacances sans appréhension.
Madame Marthe comptait ses pots de confitures,
se demandant si tu en aurais assez. Monsieur
Charles pensait au travail que tu pourrais faire
mais que tu ne ferais pas, et à toutes les sottises
que tu ne manquerais pas d'inventer. Cela le faisait
grogner, mais, au fond, il s'en amusait.

Jacques sourit.

— Et grand-père ?

— Monsieur ne disait rien, mais il soignait lui-
même ton cheval, faisait tailler les haies le plus
bas possible, pour que tu ne tombes pas en les
sautant. Il était peut-être le plus impatient des
trois. Surtout après la mort de monsieur Paul et
le départ de madame Lucie.

— Il n'aime pourtant pas tellement tante
Lucie !

— Non. Mais c'est la petite Marguerite qui
lui manquait. Et les vacances ne la ramenaient pas
toujours. Il ne la voit pas souvent, aujourd'hui
encore.

— Tante Lucie n'aime pas *la Roncière,* fit
remarquer Jacques avec un brin de rancune au fond
de la voix.

Ne pas aimer *la Roncière !* C'était une chose
qu'il ne comprenait pas, n'admettait pas. C'était
une monstruosité à ses yeux.

Non, Lucie Sauviernes n'aimait pas *la Roncière.*
Elle ne s'y était jamais plu. Comment se plaire à la
campagne quand on aime à paraître ?

— Le pauvre monsieur Paul ! dit encore Philomène avec son franc-parler. En a-t-il entendu, des plaintes ! Madame Lucie allait même jusqu'à prétendre que l'air ne convenait pas à sa santé !

— Je me souviens qu'elle semblait maladive.

Philomène retourna énergiquement sa pâte.

— Elle savait se faire dolente et maladive, répliqua-t-elle. Je ne veux point tremper ma langue dans le venin, c'est pas mon rôle, et si madame Marthe m'entendait, elle ne serait point contente, mais il faut dire ce qui est : madame Lucie avait bien de la malice. Mais, à *la Roncière*, tout le monde savait à quoi s'en tenir. Monsieur Paul le premier. La vois-tu quelquefois, quand tu descends à Montreveil ?

— Je l'ai croisée et saluée avant-hier, mais elle ne m'a pas répondu, bien qu'elle m'ait reconnu. Elle a détourné la tête ostensiblement.

Jacques n'ajouta pas que Lucie Sauviernes était accompagnée et qu'elle ne souhaitait sans doute pas lui présenter son compagnon. Après tout, c'était son droit.

Philomène se gratta le bout du nez comme toujours quand quelque chose ou quelqu'un l'amusait.

— Dame ! tu es le rival de Marguerite !

Jacques, qui trempait une tartine beurrée dans le bol de café au lait que Philomène venait de lui remplir, releva la tête, un peu surpris de cette remarque.

— Le rival de Marguerite ? En quoi ?

— Dame ! tu es un garçon et Marguerite une fille !

Jacques faillit s'étrangler de rire.

— La belle découverte que tu fais là, Philo !

Celle-ci empoigna une casserole de cuivre et se mit en devoir de la faire reluire en l'astiquant énergiquement.

Un petit gloussement monta de sa gorge. Ses petits yeux noirs, ronds et malicieux, brillaient ironiquement. Un instant, elle se mira dans le fond de l'ustensile et, de nouveau, gloussa joyeusement, mais elle n'ajouta rien à ce qu'elle venait de dire. Elle ne voulait pas aller trop loin dans ses remarques. Après tout, cela ne la regardait pas ! Mais elle n'en pensait pas moins...

Si Jacques était le rival de Marguerite aux yeux de la mère de celle-ci, c'était à cause de *la Roncière*. Cela avait son importance.

Une grande importance. Jacques n'y pensait jamais parce que, pour lui, *la Roncière* était un foyer et non pas un futur héritage. Mais Lucie Sauviernes n'avait pas cessé d'y voir cet héritage depuis le jour où elle avait jeté son dévolu sur Paul.

Paul étant l'aîné, Lucie s'était vue la maîtresse de *la Roncière*. De quoi lui tourner la tête.

Mais André Sauviernes avait jeté bas les illusions de la jeune femme le lendemain même du mariage (Paul et Charles s'étaient mariés le même jour) de ceux qui n'étaient que ses neveux, mais qu'il aimait comme des fils. Le vieil homme avait déclaré tout net : « Je remettrai les clés à celle qui la première donnera un garçon à *la Roncière*. Si vous avez des fils toutes deux, le domaine reviendra, après ma mort, à celui qui l'aimera le plus. Vos autres enfants se partageront les biens immobiliers de Montreveil. Mes biens en argent et actions seront également répartis entre Paul et Charles. »

Lucie avait dû s'incliner, la rage au cœur, le matin où sa cousine Marthe avait donné naissance à Jacques. Elle-même avait dû attendre cinq ans avant de mettre au monde un enfant : une fille. Quelle joie pour Paul qui avait souhaité une fille ! Quelle déception et quel chagrin pour Lucie qui voyait *la Roncière* lui échapper définitivement puisque la naissance difficile de Marguerite la privait de l'espoir d'une seconde maternité !

Mais Lucie Sauviernes n'était pas femme à se laisser aller longtemps au dépit. Du moins s'efforça-t-elle très vite de le cacher. Quand elle avait éprouvé une déception, elle n'avait de cesse qu'elle n'eût trouvé une compensation. Elle s'était donc mise en tête d'obtenir la moitié du domaine pour sa fille.

N'était-il pas injuste que Marguerite, simplement parce qu'elle était une fille, fût défavorisée, et ceci pour le seul profit de Jacques ? Evidemment, il y avait le charmant hôtel particulier de Montreveil et les immeubles. Hélas ! à cette époque, les maisons de rapport ne rapportaient plus grand-chose. Sans doute pouvait-on les diviser en appartements qu'on vendrait... En attendant, l'oncle André gardait bon pied bon œil. Certes, Lucie ne souhaitait pas sa mort, loin de là, mais elle ne pouvait s'empêcher d'y penser de temps en temps.

Lucie avait tout fait pour attirer la tendresse de son oncle uniquement vers sa fille.

André Sauviernes avait eu une réelle préférence pour Marguerite, particulièrement dans les premières années. Mais il avait fini par deviner ce que la mère cherchait à travers ses flatteries et les câlineries, sincères, elles, de sa fille. Mettant aussitôt les choses au point, il avait déclaré, avec son habituelle brusquerie : « Je ne suis pas dupe de vos mines, Lucie ! Marguerite a ma préférence, c'est entendu. Mais je ne changerai pas pour autant de décision. »

Dès lors, Lucie n'avait plus eu qu'une idée en tête : quitter *la Roncière* où plus que jamais elle passait en second, bien que Marthe fît de son mieux pour la faire participer à la bonne marche de la maison. Mais Paul ne l'entendait pas ainsi. Le domaine faisait partie intégrante de son existence. Il voulait y vivre. Il y était mort quatre années auparavant.

Quelques semaines plus tard, Lucie quittait — enfin ! — *la Roncière* pour s'installer à Montreveil, dans le petit hôtel dont André lui laissait la jouissance. Depuis, elle n'était pas revenue au domaine et n'y envoyait que très rarement sa fille.

Peut-être, en agissant ainsi, Lucie espérait-elle forcer la main de son oncle et le faire revenir sur ses dispositions testamentaires.

André Sauviernes n'en disait rien, mais l'éloignement de Marguerite lui causait un lourd chagrin. C'est que l'adorable enfant ressemblait à sa fille unique, morte à seize ans, presque l'âge qu'avait aujourd'hui Marguerite. Avoir la jeune fille auprès de lui serait retrouver un peu de son enfant. Mais il savait le prix qu'en demanderait Lucie, et il tenait à son idée de laisser *la Roncière* à Jacques seul, craignant que Marguerite, une fois majeure, sous l'influence de sa mère ne voulût vendre le domaine. Ce domaine qui depuis plus d'un siècle appartenait aux Sauviernes.

Tout cela, Philomène le savait. André Sau-

viernes lui faisait parfois ses confidences, lui disant
ce qu'il ne voulait pas confier à Marthe, ni à
Charles, pour ne point troubler leur tranquillité,
sachant fort bien qu'ils insisteraient pour que Lucie
et Marguerite revinssent. Or, Charles ne supportait
pas sa cousine et ne cessait de la piquer de son
ironie, ce qui amenait des discussions et des bou-
deries à n'en plus finir. De plus, le caractère volontaire, autoritaire de Lucie risquait de prendre le
dessus sur le caractère plus doux, plus paisible, de
Marthe. Et le vieil homme n'aimerait pas du tout
voir sa maison passer sous la régence de Lucie.

Ce que le maître de *la Roncière* n'avait pas dit,
Philomène l'avait deviné et elle ne manquait jamais
de dire que le retour de Lucie serait néfaste.
L'épouse de Paul viendrait sans aucun doute mettre
son grain de sel à la cuisine et Philomène entendait
demeurer maîtresse en son domaine. Marthe se
reposait entièrement sur elle pour tout ce qui touchait à la cuisine et c'était bien ainsi.

— A la place de Monsieur, je jouerais sur *la
Roncière* pour voir plus souvent la petite.

Jacques ne releva pas la remarque de Philomène. Il savait que son grand-père répugnerait à
employer les mêmes armes que Lucie. Se jouer des
sentiments des autres, de leurs espoirs, n'était pas
dans sa nature. Jamais il n'userait d'un tel chan-
tage.

— Maman est sans doute au salon ?

Philomène se mira de nouveau dans sa casserole.

— Où as-tu encore la tête, Jacques ? Nous
sommes dimanche et ta mère est descendue à
Saint-Prix entendre la messe. Elle espérait que tu

l'accompagnerais, mais n'a pas voulu te réveiller.
— Et mon père ?
— A la ferme du Chèvrefeuille.
— Bon. Je vais rejoindre grand-père au verger.

C'était le titre affectueux que ses neveux donnaient à André Sauviernes.

En apercevant Jacques, Sosie — qui devait son nom au fait qu'il ressemblait étonnamment au chien qui durant quinze ans avait été le fidèle compagnon de jeux de Jacques et Marguerite — accourut en remuant joyeusement la queue. Il quêta des caresses que le jeune homme lui donna sans restriction.

En passant la haie de lilas, dont le parfum embaumait l'air, Jacques cueillit une petite grappe de fleurs et la glissa entre ses dents. Puis, il s'arrêta un instant pour embrasser l'étendue des arbres fruitiers.

C'était une procession ininterrompue de bouquets blancs et roses sous le ciel bleu. Peut-être la plus belle symphonie du printemps !

Jacques aimait *la Roncière* plus particulièrement durant cette période.

Un soir, on se couche, comme tous les autres soirs, sans se douter de rien, mais le lendemain, en ouvrant les yeux, on découvre les vergers en pleine floraison, comme si la baguette d'une fée avait été promenée dans la nuit. C'était cela la magie du printemps.

Jacques ferma un instant les yeux, pour mieux écouter la respiration de la nature. Les murmures du vent dans les branches, le bourdonnement léger des abeilles, qui venaient par essaims entiers recueil-

lir le suc des fruitiers ; le chant si particulier de
l'alouette, haut dans le ciel ; le cri aigu des marti-
nets qui menaient leur folle ronde dans le ciel sans
nuages ; et surtout ces plaintes indistinctes, montant
on ne savait d'où, semblables aux soupirs d'êtres
invisibles. Ces plaintes, c'était comme les battements d'un cœur. Celui de la terre-mère !

Les vergers s'agitaient sous le vent comme une
mer écumeuse dans laquelle Jacques s'avançait. Un
jour, bientôt, ce serait la mer véritable.

Ce n'était plus l'herbe que foulait Jacques.
C'était le plancher de son voilier qui roulait sur les
flots déchaînés. Et de nouveau le garçon eut un goût
de sel sur les lèvres.

— C'est à cette heure qu'on se lève ?

La voix d'André Sauviernes, presque sépulcrale
à force de gravité, fit sursauter le rêveur.

— Grand-père ! Je ne vous avais pas vu.

Un rire silencieux agita la moustache du vieil
homme.

— Voilà pourtant cinq bonnes minutes que je
t'observe, mon garçon ! Tu étais là, planté sur tes
jambes écartées, immobile comme si tes semelles
collaient à la terre. Sur quelle planète t'en étais-tu
encore allé rêver ?

L'oncle et le neveu se rejoignirent. André Sauviernes saisit Jacques par la nuque et lui appuya
plusieurs fois le front contre son épaule. C'était sa
façon de lui manifester son affection. Du plus loin
de sa mémoire, Jacques revoyait cette accolade.
Jamais de baisers — ceux-ci étaient réservés à
Marguerite —, mais il y avait, dans cette étreinte,
toute la tendresse qu'André Sauviernes éprouvait
pour son petit-neveu.

C'était un homme de haute taille qui, à près de quatre-vingts ans, restait aussi droit, aussi solide que les vieux châtaigniers de ses bois. Ses yeux noirs conservaient toute leur vivacité, et il n'avait pas un seul cheveu blanc ; son long visage, aux pommettes hautes, semblait avoir été taillé au burin dans une pierre légèrement ocrée ; ses mains, qui avaient aimé et travaillé la terre, étaient décharnées. Un vieil homme, certes, mais qui avait encore une vitalité impressionnante.

Oui, vraiment ! Un de ces châtaigniers indifférents au temps qui passait. Un de ces arbres que seule la foudre pouvait abattre.

— Je te croyais avec ta mère...

— Maman est à la messe... Elle n'a pas voulu me réveiller...

André Sauviernes repoussa son petit-neveu d'une bourrade amicale. Puis, s'appuyant sur le solide bâton qu'il avait taillé lui-même dans une branche de noisetier, il cligna des paupières.

— Aurais-tu attrapé cette terrible maladie que l'on nomme paresse ? dit-il avec un brin d'ironie. Je t'attendais pour inspecter les vergers !... Il n'y a pas de meilleur moment que celui où le soleil se lève ! Tu ne le manquais pas autrefois ! On avait même du mal à te tenir au lit... Toujours par monts et par vaux, à vadrouiller je ne sais où. Au lever du jour comme à la tombée de la nuit ! Pas moyen de savoir. Tu gardais bien secrètes tes cachettes. A présent, je saurais où te trouver...

Vexé d'être traité de paresseux, Jacques protesta :

— J'étais réveillé, grand-père ! J'ai même vu les pigeons prendre leur premier envol !

André Sauviernes hocha la tête.

— Tu étais encore parti sur les mers.

— Oui.

— Tu ne tiens plus en place. Par la pensée, tu nous as déjà quittés.

Jacques ne répondit pas tout de suite. Il se baissa pour ramasser une branchette de cerisier que le vent avait brisée, caressa d'un doigt distrait les fleurs meurtries.

— Vous trouvez ce voyage peu raisonnable, n'est-ce pas grand-père ? Il ne vous plaît guère...

— Ma foi, non. Je le juge un peu fou. A ceux de mon âge, les idées de la jeunesse semblent toujours un peu folles. En cette affaire qui n'engage que toi-même, tu es seul juge.

Jacques observa un instant son grand-oncle, cherchant à deviner ce qu'il pensait vraiment. Vainement.

— Vous êtes inquiet, grand-père ?

André Sauviernes fit la moue.

— Comment ne pas être inquiet d'une telle aventure, mon garçon ? Et au fond, tu l'es aussi, tout comme ton ami Guillaume l'est.

Jacques sourit. C'était vrai, le vieil homme avait bien raison. Chaque fois qu'il évoquait ce voyage, il ressentait un petit pincement au cœur qui ressemblait bien à une pointe d'angoisse. Ce qu'ils allaient tenter n'était pas une banale promenade en mer. C'était... la Grande Aventure, avec tout ce que cela comportait d'inconnu, de mystère, de danger. Mais c'était justement ce qu'ils aimaient, Guillaume et lui : l'inconnu, son mystère, ses dangers. Bien entendu, une route toute droite, c'était agréable, mais les petits chemins, meublés d'imprévus, c'était encore mieux.

— Vous dites vrai, grand père ! Mais je suis tellement content de partir ! Non, le mot ne convient pas pour traduire tout ce que je ressens. Il est trop faible. C'est un mot de chaque jour. On est content quand il fait beau, quand on a fait un bon repas. Là, c'est bien plus fort.

— Tu es heureux...

Les yeux de Jacques brillèrent d'un feu ardent.

— Plus encore ! J'éprouve une certaine... félicité ! Je vais vivre l'Aventure.

Le regard, soudain voilé, peut-être par le soleil qui lui faisait face, d'André Sauviernes s'attarda sur Jacques.

— Tu en parles comme si tu en étais amoureux...

— Mais je suis amoureux de l'Aventure, grand-père ! Ce que j'éprouve ressemble certainement à l'amour que l'on peut ressentir pour une femme.

— As-tu déjà aimé ?

Jacques réfléchit un moment, tournant entre ses doigts les fleurs de cerisier qui s'effeuillèrent.

— Aimé ? Aimé vraiment ? Non, jamais. J'ai eu des béguins, des amourettes. Cela durait quelques semaines, pas plus. Et puis, notre projet a pris corps... Depuis que je sais que nous allons partir, je ne pense plus qu'à cela.

André Sauviernes s'appuya plus lourdement sur son bâton.

— Si bien que, si tu devais y renoncer...

— J'en serais très déçu, très malheureux sans doute. Pourtant, si vous me le demandiez, grand-père, je ne partirais pas.

D'un geste amical, qui signifiait qu'il ne lui demandait pas de renoncer, André Sauviernes décoiffa son neveu.

Malgré l'inquiétude que leur causait ce voyage, Marthe et Charles, pas plus que lui-même, ne songeaient à retenir Jacques contre sa volonté. Ils en avaient longuement discuté dès que l'idée, lancée presque sans y penser, était devenue un projet sérieux et en étaient arrivés à la même conclusion : on ne doit jamais empêcher un garçon de prendre la route qu'il s'est choisie, même si cette route est pleine d'embûches et de dangers, pourvu bien entendu qu'elle soit parallèle au chemin de l'honneur. Et pour cela, on pouvait compter sur l'honnêteté de Jacques.

— Je te remercie, petit. Cela me prouverait, si besoin en était, combien est grande ton affection pour moi. Mais je ne te le demanderai pas. Il faut toujours, dans la mesure du possible, convertir ses rêves en réalité.

Jacques prit la main du vieil homme et la pressa contre sa joue, comme il le faisait, enfant, pour le remercier d'un jouet, ou lui rappeler simplement son affection.

— Je vous promets que nous serons prudents, grand-père ! Et si jamais des difficultés se présentaient, nous saurions renoncer. Ne craignez rien, je reviendrai.

— Mais j'en suis sûr, mon garçon ! Si j'avais le moindre doute, je ne te laisserais pas partir. Ce que je redoute, c'est de ne plus être là pour t'accueillir au retour.

— Grand-père ! Des idées noires ! Si maman vous entendait, elle se fâcherait.

— Non, ce ne sont pas des idées noires. Simplement, je sais quel est mon âge...

André Sauviernes se redressa.

— Mais vous êtes plus solide que les châtaigniers du bois ! Vous durerez aussi longtemps qu'eux.

André Sauviernes sourit de nouveau, en hochant la tête.

— Qui sait, mon garçon ? Autrefois, quand j'avais ton âge, il y avait un châtaignier magnifique. C'était certainement le plus beau, le plus droit, le plus puissant. On le voyait à chaque printemps prendre de la force, étendre plus largement son feuillage. On dut abattre des arbres plus chétifs pour lui faire de la place. Mon père disait en l'admirant : « Celui-là, rien ne peut le détruire, il est éternel. » Mais une nuit un orage le foudroya. Nul n'est à l'abri de la foudre, mon petit Jacques. Rien n'est vraiment éternel. Tout ici-bas est périssable...

— Mais, le monde est toujours là !

— Le monde se renouvelle. Dieu seul est éternel. Je suis un vieux bonhomme qui déjà a fait un long chemin...

Oui, un long, un très long chemin, et il commençait à se sentir un peu fatigué. Plus que jamais il pensait à celles qu'il avait dû laisser en route. A sa jolie petite Elisabeth, partie la première, que son vieux cœur usé pleurait toujours. A Blanche, la douce et tendre compagne aimée aujourd'hui encore. Certes, Charles puis Paul et aussi la bonne Marthe puis Jacques et Marguerite étaient venus emplir le vide de son cœur et donner un nouveau sens à sa vie. Mais ce n'était ni Blanche ni Elisabeth.

— Vous pouvez bien encore faire un bout de chemin pour moi, grand-père ?

— Je ferai de mon mieux, mon garçon, je te le promets.

Ils se turent un moment, puis Jacques demanda :

— Le vent n'a pas fait trop de dégâts ?

— Quelques branches cassées ici et là... Mais ne nous plaignons pas trop. Compte tenu de la vigueur du vent, c'est minime. Ce que je redoutais le plus, c'était la grêle. Mais je crois que nous aurons du beau temps ces prochaines semaines. Tu rentres avec moi ?

Jacques se tourna vers la colline.

— Si vous n'avez pas besoin de moi, grand-père, j'aimerais aller faire un tour là-haut. Il y a longtemps que je n'ai pas bavardé avec le Damien.

André Sauviernes cligna de l'œil.

— Va, mon garçon, va. Tu en profiteras pour dire à la Céline que ta mère aura besoin d'elle la semaine prochaine, pour la grande lessive du printemps.

— Je ne la verrai peut-être pas !

L'ombre d'un sourire se dissimula derrière la moustache d'André Sauviernes.

— Ça m'étonnerait fort ! dit-il. Et si tu ne la vois pas, tu t'arrêteras aux *Feuillards*. Mais que cela ne te fasse pas pour autant oublier l'heure du déjeuner ! Tu sais que je n'aime pas attendre...

Jacques traversa les vergers dans toute leur lon-
gueur, puis se laissa glisser le long d'un talus her-
beux, jusqu'au bord de la rivière. Là comme en
maints endroits de son lit, les eaux vives de la
rivière bondissaient sur des rochers aux formes
tourmentées, barrages qu'elles franchissaient allè-
grement.

Jacques s'arrêta et s'étendit dans l'herbe sous
les grands saules frémissants. Tout en mâchonnant
un brin de folle avoine, il écoutait l'eau couler en
chantonnant comme si elle se moquait des rochers
qui cherchaient à la retenir.

Soudain, Jacques vit nettement deux enfants,
une fille et un garçon, à quelques pas de lui. Leur
âge ? Impossible de le dire. Ils en changeaient sans
cesse. Ils riaient en se poursuivant, sautaient de
rocher en rocher, et grimpaient aux arbres, se dis-
putaient, se réconciliaient, se fâchaient... Il les
voyait mais ne le reconnaissait pas, et mit quelques
secondes avant de comprendre, de savoir qui ils
étaient.

C'était tout simplement Marguerite et lui.

Jacques se mit à rire de lui-même pour s'être laissé prendre à ce sortilège. Souvenir d'enfance qui sans raison surgissait !

Marguerite ! Il y avait une éternité qu'il n'avait pensé à elle. Depuis...

Jacques fronça les sourcils pour s'en souvenir. Cela lui semblait étrangement lointain. Deux ans ? Non, un peu moins. Il n'avait pas songé à elle depuis les dernières vacances qu'elle avait passées à *la Roncière*.

Marguerite !

Jacques ferma à demi les paupières. Il essayait de retrouver exactement ses traits. Mais son visage soudain lui échappait. Il ne voyait plus ses yeux, ne savait plus s'ils étaient verts ou bleus. Et ses cheveux ? Blonds, sûrement. Mais dorés ou cendrés ? L'image était floue dans sa mémoire. Un peu comme un rêve que l'on ne parvient pas à retrouver parfaitement. C'est curieux comme un visage que l'on connaît bien peut échapper au souvenir. Et pourtant, deux années à peine avaient passé.

Marguerite ! Hier elle était une enfant. Mais aujourd'hui ?

Une sacrée gamine, au caractère impossible ! Mordant et griffant comme une chatte sauvage...

Jacques posa son index entre ses yeux, légèrement au-dessus de la naissance du nez et le fit glisser lentement sur une cicatrice, encore bien visible.

Cette cicatrice, il la devait à Marguerite. Le dernier jour de leurs dernières vacances. Une pierre pointue, lancée avec adresse et force. Il s'en était fallu d'un rien qu'elle n'atteignît l'œil. La douleur avait été extrêmement vive. Il s'était retrouvé à

genoux, le visage et les mains en sang. Et cela,
parce qu'il avait embrassé Céline.

Ils étaient là, à peu près à cet endroit. Oui, sous
cet énorme saule. Il faisait très chaud ce jour-là,
il s'en souvenait. Mais sous les arbres, dans la
fraîcheur dispensée par les eaux proches. Une de
ces chaleurs où l'on sent l'orage et qui vous écrase.
Il faisait bon. Marguerite avait refusé de l'accom-
pagner. Sans doute s'étaient-ils disputés une fois
encore. Cela arrivait souvent. Marguerite était si
capricieuse et lui si rarement patient. Il s'était bai-
gné seul, puis séché au soleil et enfin endormi à
l'ombre du saule. Quelque chose l'avait chatouillé
soudain. Sans ouvrir les yeux, il avait ramené sa
main sur son épaule et au lieu de l'insecte attendu
ses doigts avaient rencontré ceux de Céline.

S'étaient-ils embrassés tout de suite ? Jacques
ne s'en souvenait plus, mais il avait toujours le
goût de ce baiser — il y en avait eu pourtant beaucoup d'autres depuis — sur les lèvres. Un goût
bizarre, à la fois poivré et sucré.

Quelle rage folle s'était emparée de Marguerite ? Avant même qu'ils se fussent rendu compte
de sa présence, elle était sur eux, arrivée comme la
foudre. Elle avait saisi Céline par les cheveux, l'ar-
rachant littéralement de ses bras avec une force
étonnante pour une fille aussi petite et fragile
qu'elle. Céline, pourtant plus grande, plus solide,
n'avait pas eu le temps d'esquisser un geste de
défense. En quelques secondes, elle avait eu le visage
griffé comme par un chat, par une Marguerite transformée en démon. Jacques avait eu un mal fou à
les séparer. Et puis, il y avait eu cette pierre qui
l'avait à demi assommé. La fuite de Marguerite.

Il ne l'avait pas revue depuis. Le soir, elle n'avait pas participé au repas. Quand elle était partie, le lendemain matin, lui n'était pas là. Il s'était abstenu volontairement d'assister à son départ et avait rejoint Céline.

Tous deux avaient fait une merveilleuse promenade en voiture. Il se souvenait même qu'en chemin une ravissante petite fille les avait arrêtés... Elle s'était égarée...

Les pensées de Jacques s'attardèrent complaisamment auprès de Céline.

Céline ! C'était l'amourette qu'il retrouvait régulièrement, chaque fois qu'il séjournait à *la Roncière*. Une simple amourette. Quelques baisers de-ci delà. Quelques promenades, la main dans la main. Une amourette qui n'aurait pas été plus loin que les autres années si...

Jacques eut un léger frisson en se souvenant...

S'il n'y avait pas eu Marguerite...

Sans Marguerite, sans sa colère qui les avait marqués au visage, jamais il n'aurait osé...

Jacques se releva d'un bond. Sans même prendre le temps de remonter les quelques dizaines de mètres qui lui auraient permis de traverser la rivière à pied sec, il la franchit sur les rochers à demi immergés. Puis, il traversa la prairie sans reprendre haleine et se retrouva au pied de la colline.

Là-haut, presque au sommet, était l'abri aux chèvres où Céline devait l'attendre, Céline qu'il n'avait pas vue depuis Noël. Il était sûr qu'elle serait au rendez-vous. Elle ne pouvait pas ne pas y être. Chacun savait, à la ferme des Feuillards, qu'il était de retour.

Délaissant le chemin sinueux qui courait à travers les prairies et les rochers qui couvraient les flancs de la colline, Jacques, dont le pied était aussi sûr que celui d'un chevreau, coupa par les petites sentes étroites et raides qui veinaient les herbages.

A moins de trente mètres de la cabane, le garçon s'arrêta. Non qu'il fût à bout de souffle, mais il voulait permettre à son cœur, troublé par la rencontre maintenant toute proche, d'apaiser ses battements.

C'est curieux comme un cœur peut battre vite, parfois !

Pendant quelques secondes, Jacques se demanda s'il n'était pas véritablement amoureux de son amie. Après tout, ce n'était pas impossible ! Céline n'était pas vilaine. Elle était même jolie, et n'était pas sotte du tout.

Céline ! Des yeux bleus, vifs et gais, peut-être même moqueurs ; un nez légèrement retroussé, ce qui lui donnait un petit air insolent ; une bouche, sans doute un peu grande, mais aux lèvres pleines et sensuelles qui avaient toujours dans leurs baisers ce petit goût bizarre de poivre et de sucre ; de belles dents blanches et saines ; un teint de miel sauvage ; une crinière rousse qui frisait sur la nuque. Sur ses bras et ses épaules rondes, de très nombreuses taches de son quand le soleil les avait longuement caressés. Un corps souple, une taille ronde, de longues jambes fines.

« Et si je lui demandais d'être ma femme ? »

Mais l'aimait-elle vraiment ? Et lui, l'aimait-il ?

Jacques se posait la question pour la première fois sérieusement. Y répondre lui parut tout d'abord difficile. Puis, en y réfléchissant le plus posément

qu'il le put, il en conclut que non. Ce n'était décidément rien d'autre qu'une amourette. Mais si
Céline l'aimait ? N'était-ce pas son devoir de
l'épouser ?

L'amour véritable ! C'était sûrement autre chose
que le simple émoi qu'il ressentait auprès de Céline.
Un sentiment plus profond, qui venait du cœur et
de l'âme.

Céline ! L'amour !

Le cœur de Jacques battait enfin régulièrement.

Les moutons de Damien étaient éparpillés sur
l'autre versant. Sans doute le vieux berger avait-il
aperçu Céline et s'était-il éloigné avec sa discrétion
habituelle pour ne pas troubler leur tête-à-tête.

Jacques avait franchi rapidement les quelques
mètres qui le séparaient de la masure.

Le garçon s'arrêta brusquement sur le seuil.
Céline n'était pas là ! Mais un homme était assis
sur la planche recouverte d'un long sac bourré de
paille qui servait de lit. Un inconnu, la pipe entre
les dents.

De taille moyenne, trapu, musclé et solide. Il
aurait eu un visage insignifiant — à demi mangé
par une barbe et une moustache bien entretenues
— sans le regard étrange, brûlant, ardent de ses
yeux sombres. Il pouvait avoir trente ans.

En apercevant Jacques, il se leva lentement,
prit le temps de vider sa pipe en la frappant contre
la cheminée aux trois quarts effondrée, et de la
mettre dans sa poche. Il avait de fortes mains bru-
nes. Du bout des doigts, d'un geste soudain vif, il
repoussa une mèche de cheveux châtains qui tom-

bait dans ses yeux. Puis, posant sur l'arrivant un
regard direct, il dit :

— Vous êtes sans doute Jacques Sauviernes...
Jacques acquiesça d'un signe de tête. La surprise et la déception le rendaient muet.

— Mon nom vous dira peut-être quelque chose,
reprit l'homme en s'avançant de trois pas. Je m'appelle Jean Livogne.

Ce nom, en effet, n'était pas inconnu à Jacques, mais ce fut vainement qu'il essaya de se
rappeler où et quand il l'avait entendu prononcer.

— Je suis peintre, indiqua l'intrus. La galerie
Orange a exposé une trentaine de mes toiles l'automne dernier... Les journaux ont un peu parlé de
moi...

C'était cela ! Jacques se souvenait maintenant
d'avoir lu ce nom dans quelque revue. Mais il ne
comprenait pas pourquoi Jean Livogne était là, ni
comment celui-ci connaissait son nom.

— Ma présence vous surprend, poursuivit l'autre. Ce n'est pas moi que vous pensiez trouver en
venant ici ? Vous connaissez sûrement la maison-
nette que l'on appelle *le Moulin du Petit Val*. Je
l'ai louée et je l'habite depuis le début de l'année.

Jacques s'en moquait. Il brûlait d'envie de voir
Céline qui n'allait sans doute pas tarder et la présence de cet homme gâcherait leurs retrouvailles.
Il avait hâte de le voir partir. Mais Jean Livogne
ne semblait pas du tout décidé à s'éloigner. Il
s'était adossé au mur, les bras croisés sur la poitrine, et continuait d'observer Jacques d'un regard
perçant, ce qui mettait le garçon mal à l'aise.

— Vous attendiez Céline, n'est-ce pas ?... Elle
ne viendra pas.

Jacques battit des paupières.

— Pourquoi ? murmura-t-il.

Jean Livogne décroisa les bras, reprit sa pipe et se mit à la bourrer machinalement.

— Nous allons nous marier...

Jacques eut l'impression de recevoir un coup de fouet en plein visage. Il eut un haut-le-corps, un recul. Pendant un moment, il demeura stupéfait. Puis, son cœur se mit à cogner durement contre sa poitrine. Une douleur inattendue l'envahit, lui tordit les entrailles. Il ne comprenait pas. D'où lui venait-elle ? Il avait cru ne pas aimer Céline. Bien entendu, il lui était attaché. Et soudain, les racines de son attachement apparaissaient bien plus profondes qu'il le pensait.

— Mais...

D'un geste de la main, Jean Livogne l'interrompit.

— Je sais, oui. Vous croyez avoir des droits sur Céline. Vous vous trompez. Vous n'êtes qu'une simple page dans le livre de sa vie. Moi, je suis la suite...

Jacques rougit.

— Vous savez !

— Oui. Céline m'a parlé de vous, de ce qu'il y a eu entre vous. Je n'en suis pas jaloux, c'était avant moi. Et je l'aime assez pour oublier que vous existez.

— Pourquoi Céline n'est-elle pas venue elle-même ?

— Elle craignait de vous faire de la peine et de ne pas pouvoir le supporter.

— Rien ne me prouve que vous dites la vérité ! Qui sait si vous ne l'obligez pas à ce mariage !...

Jean Livogne eut un regard ironique.

— Crois-tu que l'on puisse obliger Céline à faire ce qu'elle ne veut pas faire ?

Le « tu » sonna désagréablement à l'oreille de Jacques. Il le mettait dans une position d'infériorité, car il n'osait s'en servir lui-même. Le peintre avait raison : Céline avait trop de caractère pour se laisser mener.

— Si elle a craint de ne pouvoir rompre elle-même, c'est qu'elle m'aime toujours.

L'ironie du regard de Jean Livogne s'accentua.

— Crois-tu vraiment qu'elle t'ait aimé ? Et toi, crois-tu l'avoir aimée ?

Jacques sentait une saveur amère emplir sa bouche. C'était sans doute cela le goût du chagrin d'amour. Et il ne voulait pas admettre que ce pouvait être aussi celui de l'amour-propre blessé, de l'orgueil froissé.

— Elle me l'a prouvé ! répliqua-t-il.

Jean Livogne eut un petit mouvement d'épaules.

— Est-ce bien une preuve ?

— Il me semble. Quelle autre preuve voulez-vous ? Elle ne vous aime pas, j'en suis sûr.

— Moi, je suis certain de son amour parce que justement il n'y a rien entre nous de ce qu'il y a eu entre vous. Elle ne veut pas avant le mariage et moi non plus. Tu saisis la différence ?

Oui, certes, Jacques la « saisissait » parfaitement et cela le faisait trembler de dépit.

— Et d'ailleurs, poursuivit tranquillement le peintre, tu n'es pas si en peine que cela. Au fond, tu n'en étais pas plus amoureux qu'elle ne l'était de toi.

— Qu'en savez-vous ?

Jacques avait crié, tout en sachant très bien que cette protestation était un mensonge. Mais il avait soudain envie de s'inventer un chagrin d'amour.

L'autre se mit à rire.

— Je suis plus âgé que toi, j'ai donc plus d'expérience. Je le vois. Et je préfère cela. Au fond, tu m'es sympathique, et cela m'aurait ennuyé d'être la cause indirecte de ta première déception. Demain, tu n'y penseras plus.

Puis il ajouta, après un moment de silence :

— Céline et moi, nous nous marions dans quinze jours.

Jacques serra rageusement les poings, secoua la tête comme un cheval qui veut se débarrasser du mors.

— Epousez-la, mon vieux ! C'est encore moi qui ai eu la meilleur part...

La flèche sombre du regard de Jean Livogne vint se planter en Jacques.

— Qu'entends-tu par là ?

Jacques supporta mal le regard du peintre. Il battit des paupières.

— Son premier cri d'amour ! jeta-t-il avec hargne.

Jean Livogne sourit, sans la moindre colère.

— Tu es encore un gamin... Tu ne sais rien de l'amour ! C'est surtout la communion des âmes, l'unisson des cœurs. L'amour, c'est rentrer chez soi et trouver le sourire de la femme que l'on aime. C'est... Je ne sais pas bien l'expliquer, mais tu le comprendras plus tard. Je l'espère pour toi. Adieu !

Jean Livogne s'éloigna rapidement et disparut bientôt derrière un contrebas rocheux.

Jacques se retrouva seul dans la cabane. Jamais celle-ci ne lui avait paru aussi laide, aussi vide, aussi inutile. Il se sentait terriblement seul et cependant il n'avait pas vraiment de la peine. Rien qu'une impression de solitude.

3

Maître Antoine, le fermier des *Chèvrefeuilles*, accompagna Charles Sauviernes jusqu'au chemin creux.

Long, presque maigre, bien que de taille respectable, Charles était le plus petit des Sauviernes. Son oncle le dépassait d'une tête, son fils d'un front.

C'était un homme attirant, bien que d'un physique assez ingrat et rude. Un visage irrégulier, taillé à coups de serpe, basané comme un corsaire. Un menton volontaire, une bouche ferme, un nez un peu grand. Des yeux gris, au regard aigu, à l'éclat inconsciemment dur, mais qui savait s'adoucir jusqu'à se mouiller de tendresse. Un caractère entreprenant, vif, aux colères brusques et brèves. Un esprit parfois positif parfois rêveur, aux décisions promptes, souvent irréfléchies. Autoritaire, mais sans despotisme. D'une bonté qu'il cachait sous une rudesse plus factice que réelle. Lorsqu'il se traçait une ligne de conduite, il allait jusqu'au bout, abattant les obstacles.

— Et pour la nouvelle porcherie ? demanda maître Antoine. C'est toujours entendu ?

— Certes. Je vous ferai livrer les matériaux au début de la semaine prochaine.

Les deux hommes se séparèrent sur une poignée de main.

Charles se mit en selle et lança son cheval au galop, s'enfonçant dans un chemin creux qui se glissait entre deux petits bois.

C'était un excellent cavalier. Il aimait les chevaux aussi passionnément qu'il aimait la terre et projetait l'élevage des bêtes de selle. Quelques jours plus tôt, il avait pris rendez-vous avec un éleveur normand et était prêt à lui acheter un étalon et trois poulinières.

L'oncle André s'était fait un peu tirer l'oreille avant de donner son accord. Une telle entreprise ne lui semblait pas utile. Bien entendu, pour Charles, son utilité ne faisait aucun doute. Ce serait un excellent apport qui, par la suite, leur permettrait certainement d'agrandir *la Roncière*.

C'était Marthe — par quel sortilège ? — qui était parvenue à faire admettre au vieil homme l'idée de cet élevage. A la condition toutefois que les écuries se trouveraient hors de sa vue.

Charles n'avait pas encore décidé de l'endroit où s'élèveraient les bâtiments, mais déjà il voulait acquérir ses premières bêtes. Et, rêveur comparable à la Perrette de Jean de La Fontaine, il les multipliait par dix.

Charles avait maintenant mis son cheval au pas.

Lorsqu'il eut aperçu son fils perché sur la barrière d'un pré, il mit pied à terre et s'avança vers lui. Mais à deux pas, il s'arrêta un long moment, pour l'observer, sans manifester une présence dont le jeune homme ne s'était pas rendu compte. Charles sourit : une fois de plus, Jacques se perdait dans ses rêves de voyages !

Mieux que tout autre, bien qu'en silence, il comprenait les désirs de son fils. N'avait-il pas rêvé, lui aussi, autrefois d'immensités ?

Autrefois ! Ce mot qui fait le passé prenait soudain une résonance étrangement lointaine. Et pourtant, ce n'était pas si loin. Trente ans à peine. L'époque de ses quinze ans. Il portait secrètement en lui l'amour de la mer qui lui venait d'ancêtres bretons. Mais l'oncle André avait d'autres projets pour lui : *la Roncière* avait besoin de bras solides pour continuer à vivre et ceux de son cousin ne suffisaient pas. Alors, par reconnaissance envers son oncle et sa tante sans qui il n'aurait jamais connu la douceur d'un foyer, Charles avait silencieusement enfoui ses désirs au fond de lui. Il s'était habitué à la terre et avait reporté sur elle l'amour qu'il avait eu pour la mer. De longues années de lutte. Puis Marthe était apparue et devant la grâce de son sourire les derniers regrets avaient fondu. Marthe valait toutes les mers du monde à ses yeux.

Il l'avait aimée dès le premier regard, mais il n'avait jamais osé lui avouer l'amour qui le consumait. Lui, habituellement si entreprenant, perdait toute son assurance devant celle qu'il aimait. Marthe était si belle !... Mais il avait cru comprendre que son cousin, mieux que lui physiquement, plus brillant, n'était pas indifférent au charme de son aimée.

Mais, ô miracle ! Marthe l'avait aimé et c'était elle qui était venue à lui. Il la revoyait, rougissant de faire les premiers pas. Comme elle était jolie ce soir-là ! Ils avaient connu un bonheur sans failles que la naissance de Jacques avait couronné.

Charles vint s'accouder à la barrière sur laquelle était assis son fils. Jacques n'eut pas un mouvement, ne voyant rien de ce qui l'entourait. Les yeux perdus dans le vague, il paraissait très loin...

Charles observa plus attentivement son fils.

Jacques n'était pas en mer en ce moment. Il y avait quelque chose en lui que Charles ne parvenait pas à déceler...

— Eh bien, Jacquot ! Reviens sur terre, mon garçon !

Surpris par la voix — toujours un peu rude — de son père, Jacques faillit dégringoler de son perchoir et ne reprit son équilibre qu'en s'appuyant sur le bras que lui tendait Charles.

— Oh ! papa ! Il y a longtemps que tu es la ?

— Suffisamment pour m'être inquiété de ton immobilité ! Que se passe-t-il ?

— Mais rien, papa !

Charles hocha la tête.

— Tu as un visage de catastrophe ! Tu as des problèmes avec ton ami Guillaume ?

— Pas du tout. Tout va bien.

Guillaume était ce qu'il est convenu d'appeler « un bon garçon », facile à vivre, d'humeur égale, content de son sort.

— Alors, d'où te viens ce visage sombre, cet air perdu ? Oui, c'est bien cela, tu as l'air perdu.

Jacques se laissa glisser sur le sol. Son mouvement fit lever la tête à un bœuf qui, à quelques pas, était étendu à l'ombre de la haie. L'animal se leva et rejoignit le gros du troupeau, une quarantaine de bêtes.

— Je n'ai rien, je t'assure, répliqua vivement Jacques, craignant des questions trop précises. Absolument rien ! Je rêvais, c'est tout. Cela m'arrive vingt fois par jour. Je me vois déjà à la conquête du monde.

Et Jacques se mit à rire, mais son rire sonnait faux. Puis il battit des paupières, non parce que le soleil auquel il faisait face le gênait, mais pour échapper au regard trop pénétrant de son père.

Charles hésita. Il n'avait jamais aimé que l'on cherchât à pénétrer dans son jardin secret et n'aimait point pénétrer dans celui des autres si l'on refusait de lui ouvrir.

— Je ne veux pas forcer tes confidences, Jacques, mais depuis quelques jours tu n'es plus le même, et si ton esprit s'éloigne de *la Roncière*, ce n'est plus pour s'en aller voguer.

Jacques baissa la tête.

— Je n'ai rien, répéta-t-il.

Rien que cette sensation de vide qui ne cessait d'augmenter et surtout, avec cette impression de solitude, ce goût d'amertume qui lui était venu l'autre matin, à l'abri aux chèvres.

Céline et Jean Livogne ! Pourquoi ?

La trahison de Céline ! Inconsciemment, d'une déception qui aurait dû n'être que passagère il était parvenu à se « fabriquer » un véritable chagrin d'amour. Il se l'imaginait profondément enraciné en lui alors que son cœur était à peine éraflé. Mais il se complaisait dans cette souffrance, plus par dépit que par jalousie. Il aurait voulu empêcher ce mariage, mais ne savait comment s'y prendre.

Charles soupira.

— Bien, bien, n'en parlons plus ! Veux-tu une cigarette ?

Charles tira son étui de sa poche, le tendit à son fils, se servit à son tour et alluma les cigarettes.

Il éprouvait soudain de la peine à ne pouvoir recueillir les confidences de Jacques. Il aurait aimé lui venir en aide, mais il ne savait quels mots employer pour toucher son cœur, atteindre son âme. Il avait la brutale et désolante impression de se trouver devant un inconnu. Jacques était son fils, mais il ne savait rien de lui. Quelles secrètes pensées se cachaient derrière ce front ombrageux, dans ces yeux qui se dérobaient obstinément ?

Il n'y avait jamais eu beaucoup d'intimité entre le père et le fils malgré une tendresse réelle et profonde. Charles ne comprenait pas toujours Jacques qui de son côté se sentait plus attiré par sa mère. Ce n'était pas vraiment un fossé qui les séparait, mais une barrière.

A qui la faute ? Sans doute en était-il seul responsable. Il était trop vif, trop brusque, trop rude pour la nature sensible et délicate de Jacques. Et cependant, ils avaient de nombreux points communs, des affinités, mais il ne savait pas les exprimer.

Comment franchir cette barrière ?

Les deux hommes fumèrent un moment en silence.

Autour d'eux, tout était d'un calme parfait, d'une tranquillité sereine. Un après-midi de chaud printemps, où l'on ne pouvait que se sentir bien. Les seuls bruits que l'on entendait provenaient du vent dans les feuillages et du lent déplacement des

bêtes à travers le pré. Parfois, un frisson agitait
les haies et un oiseau s'envolait avec un petit cri.

Peu à peu, les pensées de Charles s'étaient déta-
chées de son fils. Il songeait maintenant à ses chevaux et les voyait déjà courir dans la prairie.

Oui, c'était dans cette prairie même qu'il ferait
bâtir les écuries. Avec la source toute proche, ce
serait parfait. Deux poulinières cette année, quatre
autres l'année prochaine, autant l'année suivante.
Cinq ans plus tard, si tout allait bien — et pourquoi
tout n'irait-il pas bien ? —, il pourrait se trouver à
la tête d'une trentaine de chevaux.

Et de nouveau Charles laissait galoper son imagination. Il se voyait déjà à la tête de l'un des meil-
leurs haras de France.

Après tout, ce n'était pas impossible ! Il pouvait même s'occuper de chevaux de course. Il y
avait assez de prairies pour cela. Mais c'était une
toute autre affaire et l'oncle André ne l'accepterait
peut-être pas. Patienter ! Le vieil homme n'était
pas immortel !...

Charles Sauviernes eut un sursaut. Seigneur !
qu'avait-il été penser là ! Est-ce qu'il perdait le
sens moral ? Compter sur la mort de l'homme qui
avait été pour lui un véritable père pour mener à
bien des projets somme toute un peu fous. Décidément, cette histoire de chevaux lui faisait perdre
l'esprit !

Jacques, pour sa part, ne cessait de penser à
Céline et à Jean Livogne. Il s'enroulait comme à
plaisir dans les plis de sa fausse souffrance.

Sans ce maudit peintre, il aurait été auprès de
Céline !

Il se passa la langue sur les lèvres, recherchant

la saveur des baisers de son amie. En vain. Il n'y
trouvait que le goût un peu âcre du tabac. Il brûlait
d'un feu que rien ne pouvait éteindre...

Charles rompit enfin le silence :

— Au fait, nous sommes de noce, samedi en
huit...

Jacques eut un haut-le-corps et laissa échapper
sa cigarette à demi consumée. Une petite touffe
d'herbe morte s'enflamma. Le jeune homme mit le
pied dessus.

— De noce ! répéta-t-il. Pourquoi ?

Sa pâleur s'accentua et ses mains tremblèrent.

— Eh oui ! Je suis passé aux *Feuillards* tout
à l'heure. Le père Froissin m'a annoncé la nouvelle. Céline se marie et il compte sur nous pour le
repas. Le bonhomme n'est pas peu fier : son futur
gendre est un artiste, un peintre.

Charles s'aperçut soudain du trouble de son fils.

— Jacques, mon petit, qu'as-tu ? demanda-t-il
en posant la main sur l'épaule de son compagnon.
Tu es tout pâle !

Jacques s'arracha brutalement à l'étreinte de
son père et s'éloigna de quelques pas. Son regard
étincelait du reflet du feu intérieur qui le dévorait.

— Je n'ai rien ! cria-t-il. Rien ! Rien ! Je m'en
moque, tu entends ! Elle peut bien se marier, je
m'en moque !

Surpris par cet éclat, Charles Sauviernes demeura quelques secondes immobile : il ne comprenait rien à la réaction de son fils. Le temps qu'il
réagît, Jacques avait déjà traversé le pré, franchi
la rivière et disparu dans le bois qui la bordait.

Jacques amoureux de Céline Froissin ! Charles
tombait des nues. Pas un instant la pensée que son

fils pût aimer la fille des fermiers des *Feuillards*
ne l'avait effleuré. Si on le lui avait dit, il ne l'aurait certainement pas cru et en aurait ri. Des amis
d'enfance qui se chamaillaient comme chien et
chat !

Et pourtant, sa réaction ne permettait aucun
doute ! C'était cela qui le rongeait depuis quelques
jours. Et ce cri ! Un cri de douleur ? Non, plutôt de
colère. Allons, ce n'était peut-être pas très sérieux !
Une amourette de printemps, sans racines. Une
pointe de dépit de se voir préférer un autre. Une
petite déception qui passerait avec le vent du large.

Charles reculait toujours devant les complica-
tions qui risquaient de troubler le calme de sa vie.
Jamais il ne s'y attardait, ne regardant que ce qu'il
voulait voir, n'écoutant que ce qu'il voulait bien
entendre. Et cela lui réussissait quelquefois. Alors,
il était fier de ce qu'il prenait pour de la clairvoyance et qui n'était, en réalité, qu'un simple fait
du hasard. Le hasard, ce maître de nos destinées,
qui parfois fait bien les choses.

Premier amour, première déception ! Ce n'est
jamais bien sérieux. On s'y attarde quelques jours
et puis l'on oublie.

Sans doute Céline était-elle une bonne fille,
sans complexes, au caractère facile. Assez jolie,
courageuse sans nul doute, travailleuse également.
D'une certaine intelligence. Mais elle n'avait aucun
point commun avec Jacques. Sans pour autant lui
ôter ses qualités, Charles la trouvait... rustique.

Charles ne mettait aucun dédain dans ce dernier mot... Si Céline avait aimé Jacques, il l'aurait
accueillie avec affection à *la Roncière*. Mais il
savait qu'une telle union n'aurait pas eu de base

solide. Céline était fille de la Réalité, Jacques, lui,
était fils du Rêve. Céline n'aurait pas su se mettre
au diapason de Jacques. Celui-ci avait besoin d'une
femme à sa mesure, sans doute plus réaliste, mais
sachant partager ses goûts, ses opinions, ses aspirations, ses désirs. Sachant aussi les diriger. Une
seconde Marthe.

Mais une autre Marthe existait-elle ?

Charles sourit... Marthe était unique.

Son cœur se gonfla d'amour et de tendresse.
Puis, il pensa soudain à Geneviève Marange, la
fille de l'éleveur normand. Une jeune fille vraiment
charmante, d'une grâce aimable et discrète. Beaucoup d'intelligence. Un parti convenable pour
Jacques.

Charles détacha son cheval, se mit en selle et
reprit le chemin de *la Roncière*, laissant son esprit
galoper aussi vite que sa monture dans des projets
d'avenir.

CHAPITRE II

1

Les rideaux, tirés par une main énergique, coulissèrent sur leur tringle avec un bruit de métal froissé qui emplit toute la chambre, sortant Marguerite Sauviernes d'un sommeil profond. Celle-ci émit un grognement peu harmonieux pour une jeune fille. Mais Marguerite était furieuse, car elle venait d'être brutalement arrachée à un rêve merveilleux.

Elle était à *la Roncière*. Les pigeons l'éveillaient avec douceur, par leur tendre roucoulement. A moins que ce ne fût la tante Marthe, d'un petit baiser sur le front. C'était toujours ainsi lorsqu'elle vivait à *la Roncière*. (Il y avait si longtemps de cela !...)

Le roucoulement des pigeons, le bruissement de leurs ailes, et surtout le baiser de la tante Marthe... Comme ils lui manquaient !

Ici, à Montreveil, dans les arbres du jardin — que sa mère qualifiait pompeusement de parc —,

il n'y avait que des moineaux piaillards qui se dis-
putaient sans trêve ni repos. Quant à sa mère, elle
ne venait jamais la réveiller, consacrant un temps
infini à sa toilette, laissant ce soin à la froide Julie
dont le bonjour manquait de chaleur.

Marguerite s'assit sur son lit.

Julie posa le plateau du petit déjeuner, une
expression revêche sur le visage. Quelle différence
avec la brave Philomène dont elle était cependant la
sœur ! Puis elle sortit sa toilette des dimanches :
une robe de soie blanche finement plissée. Cette
robe, Marguerite la détestait particulièrement !

Où étaient les robes de toile de *la Roncière* que
lui confectionnait la tante Marthe, et dans lesquelles
elle pouvait se rouler dans l'herbe ? Comme tout
cela semblait loin ! Deux ans ! Depuis deux ans sa
mère lui interdisait d'aller à *la Roncière !* Mornes
vacances passées à la mer, gâchées par la présence
de la cousine Valentine et de son fils, Pierre.

De penser au cousin Pierre, Marguerite faillit
s'étrangler de rage. Elle le détestait de toutes ses
forces et plus encore depuis le jour où elle avait
surpris, entre sa mère et Valentine, une conversation où il était question d'un mariage éventuel entre
Pierre et elle.

Elle l'épouse de ce Pierre ? Jamais ! Non,
jamais !

Naturellement, les avances venaient de Valentine. Dame ! comme n'aurait pas manqué de dire
Philomène, quand on a sous la main une riche
« arrière-arrière-arrière-petite-cousine » on ne la
laisse pas s'échapper.

Un mariage ! Avec Pierre Parmelaud ! Avait-on
idée ? Non et non, elle ne l'accepterait pas ! Avoir

toute la vie devant soi ce visage de paon satisfait ? Jamais !

Sa mère, elle, acceptait ce projet avec une certaine satisfaction ! A croire qu'elle voulait se débarrasser d'elle le plus tôt possible ! Mais la petite-cousine n'avait pas dit son dernier mot. Ni même le premier, d'ailleurs.

Marguerite mordit énergiquement, presque rageusement, dans son toast grillé sur lequel était étendue une fine couche de confiture de groseilles. Son goût un peu acide lui fit faire la grimace. De la confiture de conserve, voilà ce qu'on lui servait ! Elle soupira en songeant à la bonne confiture que faisait Philomène.

De nouveau, le souvenir de *la Roncière* s'empara de Marguerite. Les yeux à demi fermés, elle se laissa glisser vers les matins de là-bas.

Le réveil avec les pigeons... Le baiser de tante Marthe... Le petit déjeuner, pris dans la cuisine, avec toute sa gamme de confitures : fraise, prune, cerise, framboise, groseille, myrtille, mûre, abricot, poire, pomme... La bonne odeur du café qui chauffait doucement sur un coin de la cuisinière... Le lait crémeux, frais et mousseux, que l'on venait tout juste d'apporter de la ferme... Et les larges tartines de pain !... Tante Marthe et Philo qui s'émerveillaient de l'appétit monstrueux de leur « toute petite »... L'oncle Charles qui, en sortant, lui faisait une chatouille dans le cou... Et puis les longues promenades avec grand-père, à travers les bois, les prés, les champs, sans oublier les vergers... L'arrêt à la ferme où elle buvait un nouveau bol de lait dont la mousse lui donnait des moustaches... Comme ils riaient tous les deux ! Tous les deux ?

Non, tous les trois, car on ne sortait jamais sans
Jacques.

Le cœur de Marguerite se mit à battre très
vite, très fort. Jacques ! Oh oui ! celui-là était bien
son cousin ! Plus encore, il était son ami d'enfance, son frère, celui qui savait tout, qui expliquait
tout — et sans prendre des airs supérieurs comme
Pierre — avec des mots pleins de poésie.

Les escapades avec Jacques ! Les galopades
dans les prés, leurs glissades le long des pentes
herbeuses de la colline ! Les bavardages dans l'abri
aux chèvres, quand la pluie les surprenaient ! Que
de merveilleuses histoires Jacques racontait ! Il
avait la tête pleine d'aventures qu'il inventait. Les
randonnées à cheval !

Tant de choses qui avaient été et qui ne seraient
peut-être plus jamais.

Marguerite en avait les larmes aux yeux, car
elle aimait *la Roncière* bien plus que l'hôtel de
Montreveil, la tante Marthe plus que sa mère —
sans en éprouver le moindre remords, sachant que
la tendresse que lui portait sa tante était plus profonde que celle de sa mère —, l'oncle Charles
mille fois plus que la cousine Valentine, et Jacques plus que... Mais on ne pouvait comparer son
affection pour Jacques à aucune autre. Quant à
son amour pour son grand-père, il n'avait pas de
bornes. Oh oui ! *la Roncière* lui manquait terriblement !

Un soupir, qu'elle avait tiré des profondeurs de
son être, vint entrouvrir les lèvres de Marguerite.
Quand elle se remémorait la dernière journée passée
à *la Roncière*, son cœur éclatait de tristesse.

Pourquoi avait-elle été si méchante envers Jac-

ques, ce jour-là ? Ils s'étaient quittés fâchés et pas
une seule fois Jacques ne lui avait écrit.

Oh ! bien entendu, elle avait de ses nouvelles
par la tante Marthe ! Mais ce n'était pas la même
chose. Elle savait qu'il était en bonne santé, qu'il
avait réussi brillamment à tous ses examens, fait
son service militaire, et surtout qu'il allait entre-
prendre le plus invraisemblable des voyages.

Comment pouvait-on lui permettre une telle
folie ? S'il partait, elle en perdrait sûrement la tête
d'inquiétude. Ah ! s'il lui avait écrit pour lui faire
part de ce projet insensé, elle aurait bien su l'en
détourner !

Jacques était-il encore fâché ? Peut-être l'avait-
il oubliée ? Cela arrivait... On vivait ensemble des
années, on s'aimait comme frère et sœur, puis un
jour la vie vous séparait et l'on oubliait. « Loin des
yeux, loin du cœur », disait le proverbe. Pourtant
elle n'avait cessé de penser à Jacques... Mais lui ?
Pensait-il parfois à elle ?

Marguerite repoussa le plateau du petit déjeuner. Elle n'avait plus faim. Son âme était triste. Une
tristesse qui montait par vagues et l'étouffait un
peu.

Pourquoi Jacques l'avait-il abandonnée ? Oh !
ce silence, Marguerite en avait la certitude, Céline
en était responsable ! Oui, c'était à cause de Céline
que Jacques ne lui écrivait plus ! A cause de ce
baiser qu'elle lui avait donné et qui avait provoqué
leur fâcherie.

Ce baiser ! Ce maudit baiser ! Marguerite revoyait Céline serrée contre Jacques, si serrée qu'ils
semblaient ne plus former qu'un seul corps. En les
voyant ainsi, elle avait cru que le sol se dérobait

sous ses pas, et elle avait souhaité qu'il s'ouvrît vraiment pour l'engloutir avec cette douleur qui avait saisi et tordu son cœur.

Mais la terre ne s'était pas ouverte. Il n'y avait que dans les chansons que cela arrivait ! Alors, une rage folle l'avait jetée sur Céline, l'avait poussée à lancer ce gros caillou sur Jacques. Et chaque fois qu'elle y repensait, sa vieille colère lui revenait et elle se sentait toute prête à frapper de nouveau Céline et Jacques.

Julie jeta sur Marguerite un regard critique afin de contrôler si rien ne « clochait » dans sa toilette et, toujours aussi silencieuse et revêche, elle quitta la chambre, emportant le plateau.

Marguerite vint se planter devant la glace et s'observa un moment, sans bouger.

Seigneur, quelle allure ! Avec ses cheveux soigneusement retenus par un large ruban de velours noir, elle faisait tout à fait petite fille modèle. Ridicule ! Elle se tira la langue.

Petite et menue, pour ne pas dire gracile, Marguerite Sauviernes était un gracieux bibelot. Une taille si fine que deux mains d'homme auraient pu la ceinturer. Elle n'était pas d'une beauté classique, mais elle était très jolie, avec son visage ovale à la peau veloutée, ses traits réguliers, sa bouche agréablement dessinée aux lèvres souvent boudeuses doucement renflées, rouges comme baie d'automne, ses cheveux longs, soyeux, souples, vivants, dorés comme des blés bien mûrs, ses très beaux yeux, immenses, aux tons changeants — bleus, gris,

verts, selon l'humeur du moment —, fendus en
amande sous des sourcils bien arqués.

Marguerite se trouva cette fois encore très
jolie et cela lui fit faire la grimace.

Jolie, pourquoi l'était-elle ? pour qui ? Pour
l'arrière-arrière-petit-cousin Parmelaud ? Le vaniteux ne le méritait pas ! Il débitait des fadaises
apprises par cœur dans des livres ou soufflées par
la cousine Valentine. Elle les écoutait à peine,
n'éprouvant aucun plaisir à les entendre de M. le
futur notaire.

Marguerite frappa du pied, fit de nouveau la
grimace. La plus horrible des grimaces qu'elle pût
inventer, la dédiant mentalement à Pierre Parmelaud, en regrettant de ne pouvoir la lui faire réellement.

— Marguerite ! Es-tu prête ?

La voix égale de sa mère — celle-ci ne pro-
nonçait jamais un mot plus haut que l'autre — la
fit sursauter.

Marguerite prit ses gants, son sac, son livre de
messe, et rejoignit sa mère en courant.

La sortie de la grand-messe.

Marguerite marchait à pas comptés, entre sa
mère et l'inévitable cousine Valentine. Les yeux
pudiquement baissés, comme il seyait à une jeune
fille bien élevée, serrant son missel dans ses mains
gantées.

A vrai dire, si Marguerite baissait les yeux,
c'était surtout parce que son esprit était, une fois
de plus, loin de Montreveil. Il gambadait dans les
chemins de *la Roncière*.

C'était le printemps et les aubépines fleurissaient tout le long des haies. On entendait chanter les oiseaux et le soleil brillait dans le ciel bleu.

Jacques marchait auprès d'elle. Il lui avait pardonné sa méchanceté, avait oublié Céline, abandonné son stupide projet de voyage ; il la tenait par la main... Jamais elle n'avait été aussi heureuse...

— Eh bien, Marguerite ! Où as-tu l'esprit ? Regarde donc où tu marches !

Marguerite se retrouva dans la rue des Martyrs, les deux pieds dans une flaque d'eau.

A Montreveil, le ciel n'était pas bleu. Loin de là. Il était tristement couvert de nuages d'un gris de vieille ferraille. Il avait même plu.

— Je ne sais à quoi tu penses, ma pauvre enfant ! reprit Lucie Sauviernes, irritée. Vois ! tu as éclaboussé le pantalon de monsieur des Marais ! Tu pourrais au moins t'en excuser !

Marguerite se moquait totalement du pantalon de Ferdinand des Marais et ne prit même pas la peine de marmonner une excuse. Elle le détestait, ce châtelain des environs, mais sans trop savoir pourquoi.

— Je vous en prie, chère amie, ne la grondez pas ! Votre petite Marguerite est un peu rêveuse... C'est de son âge !

La voix de Ferdinand des Marais était chaleureuse, le ton amical. Lucie lui dédia son plus aimable sourire. Elle espérait bien devenir châtelaine...

Lucie Sauviernes toucherait à la rive des quarante ans à la fin de l'année et en paraissait à peine trente-cinq. Elle était belle. Des traits d'une régularité parfaite dans un visage ovale sans défaut. De

grands yeux gris-vert. Un teint laiteux, une peau
satinée, des cheveux blonds, d'une pâleur naturelle
qui lui venait d'un aïeule scandinave. Elle était
grande et mince, d'une élégance sobre et raffinée.
Son compagnon ne pouvait dissimuler son admira-
tion.

Ferdinand des Marais était un bel homme. La
quarantaine d'une séduisante distinction. De calmes
yeux bruns qui s'éclairaient d'une flamme discrète
lorsqu'ils se posaient sur Lucie. Des cheveux châtains, où le gris des tempes donnait un charme de
plus à son visage aux traits agréables.

Un beau miroir aux alouettes, à ce que prétendait la cousine Valentine. Peut-être n'avait-elle pas
tout à fait tort, mais Lucie la soupçonnait d'être
de mauvaise foi...

— Quand me ferez-vous le plaisir de m'accorder un peu plus de votre temps ? glissa-t-il au
moment de la séparation.

Lucie sentit une onde de joie l'envahir, mais
demeura calme afin que nul — pas même Ferdinand et surtout pas Valentine qui, une moue répro-
batrice sur ses lèvres pincées, entrait dans la pâtis-
serie avec Pierre et Marguerite — ne s'en aperçût.
La jeune femme était sûre que cette phrase n'était
pas seulement une galanterie, mais aussi un espoir,
peut-être même un engagement.

— Mais... il me semble que nous nous sommes
souvent vus ces derniers temps !

Lucie jouait les indifférentes par pure coquette-
rie, pour mieux assurer sa prise. Les yeux de Ferdinand des Marais se voilèrent d'une pointe de
mélancolie qui se teintait d'une touche de reproche.

— Souvent ! fit-il d'une voix vibrante. Oui,

peut-être. Mais toujours à la sauvette, comme aujourd'hui, ou au milieu d'une foule, comme à cette fête de charité. Mais, nous ne faisons que nous entrevoir. Ce que je souhaite, c'est plus d'intimité. Ah ! vous avoir à moi seul !

Lucie battit des paupières.

— A vous seul ? Y pensez-vous, mon ami ? Que dirait-on ?

— L'opinion d'une poignée de sots vous préoccupe-t-elle à ce point ?

— Elle ne me préoccuperait pas si j'étais seule. Mais je dois songer à ma fille.

— Je vous comprends, mais... vous me rendez fou. Lucie !... Permettez-moi de vous nommer ainsi. Pour moi, vous êtes Lucie depuis des semaines. Chère Lucie ! Si vous ne me donnez pas d'espoir, je me jette immédiatement à vos genoux, devant tout le monde.

Ferdinand des Marais esquissa le geste. Lucie l'arrêta vivement en mettant sa main sur son bras. Evidemment, elle savait qu'il n'en ferait rien, mais elle jouait le jeu.

— Mon ami ! mon ami ! je vous en prie ! Ne commettez pas cette folie, au nom de notre amitié.

— Acceptez de me revoir seul !

Lucie se rendit avec un soupir effarouché.

— Vous êtes un tyran !

— Vous acceptez ?

— Oui.

— Quand ?

De nouveau, la jeune femme soupira.

— Quand il vous plaira...

Ferdinand des Marais sourit et, se penchant sur la main de Lucie, l'effleura d'un baiser où il

mit, avec une nuance de passion, tout le respect du
monde.

— Puis-je espérer cette semaine ?

Une telle hâte était de bon augure.

— Oui, Ferdinand.

— Merci, mon amie très chère.

Il avait appuyé sur ces deux derniers mots d'une
façon chaleureuse qui fit vibrer de manière inattendue le cœur de Lucie, surprise.

Etait-elle réellement amoureuse de Ferdinand
des Marais ? Elle devrait se poser sérieusement la
question.

Mais l'heure n'était pas aux questions intimes.
Pour l'instant, tandis que Ferdinand disparaissait
au volant de sa voiture, Lucie pensait surtout à
rejoindre les Parmelaud et Marguerite. L'œil vrillant
de Valentine n'avait pas cessé de l'observer.

Valentine Parmelaud voyait avec déplaisir l'intimité de Ferdinand des Marais et de sa cousine
grandir. Elle en concevait de l'inquiétude, se demandant si le châtelain prêchait pour lui-même
auprès de Lucie, ou bien s'il visait Marguerite pour
son fils, beaucoup plus séduisant que son Pierre.

— Monsieur des Marais est vraiment un très
bel homme ! fit-elle remarquer de ce ton doucereux
qui recelait toujours une pointe d'acidité.

— Et il est bien élevé ! répliqua Lucie en souriant tranquillement.

Valentine Parmelaud comprit que sa cousine
ne révélerait rien de son aparté avec le châtelain...

Après le déjeuner, Valentine s'arrangea pour
s'isoler un moment avec Lucie.

— Pardonnez-moi, ma chère Lucie, si je semble me mêler de trop près à votre vie privée, mais je ne le fais que guidée par mon affection pour vous...

Lucie fut aussitôt sur ses gardes.

— Je n'en doute pas, Valentine. Que souhaitez-vous donc savoir ?

Valentine demeura un instant silencieuse, comme si elle cherchait ses mots. C'est que la chose était délicate ; il ne fallait pas heurter Lucie.

— Puis-je vous parler nettement ?

— Je vous en prie !

— Monsieur des Marais me paraît bien familier avec vous...

— Monsieur des Marais est un ami !

— De bien fraîche date...

— L'amitié n'a rien à voir avec le temps, Valentine. On la ressent immédiatement ou jamais.

Valentine hocha gravement la tête.

— Sans doute. Mais tant d'intimité entre vous pourrait être mal interprétée. Une jeune femme aussi charmante que vous, un homme aussi séduisant que lui... Les gens sont si bavards, souvent mal intentionnés... On dit qu'il n'est pas ennemi d'aventures galantes... J'ai peur pour vous, Lucie.

Lucie fronça les sourcils. Une petite flamme s'alluma au fond de ses yeux, mais elle n'en garda pas moins son calme.

— Vous me faites outrage, Valentine, répondit-elle d'un ton qui se nuançait de froideur, en pensant que je pourrais accepter une aventure... Je suis une femme honnête !

Le regard de la cousine Valentine prit aussitôt une expression chagrine.

— Mais je n'en doute pas, Lucie ! s'écria-t-elle. Je n'ai pas voulu vous blesser. Vous me peineriez si vous en doutiez... Je cherchais simplement à vous mettre en garde...

— Contre quoi ?

— Contre les dangers qui menacent une jeune femme aussi jolie que vous ! Cet homme est... trop galant.

— Vous avez des idées d'un autre siècle, ma chère ! Je suis d'âge à me garder moi-même. Je sais ce que j'ai à faire.

— Bien entendu, chère Lucie. Mais il arrive parfois que l'on se laisse surprendre... Songez à Marguerite !

Une fois de plus, la cousine Valentine se mêlait de ce qui ne la regardait pas. Lucie eut grand mal à ne pas se laisser aller à prononcer des mots définitifs.

— Valentine, faites-moi la grâce de croire que si je sentais chez monsieur des Marais la moindre pensée libertine, je romprais immédiatement toutes relations avec lui ! Je sais parfaitement où est mon devoir !

— Ne prenez pas en mal mes paroles... Elles reflètent une inquiétude, sans doute mal fondée, mais sincère.

— Je ne comprends pas que vous puissiez vous inquiéter parce qu'un homme aimable et bien élevé prend plaisir à ma compagnie. Je vous le répète, je connais mes devoirs envers Marguerite et envers moi-même. Maintenant, je vous en prie, ne parlons plus de monsieur des Marais !

Devant le visage soudain fermé de Lucie, Valentine Parmelaud regretta ses paroles qui n'avaient pas reçu l'écho escompté. Regrets d'autant plus amers que la jeune femme en s'éloignant lui lançait la flèche du Parthe :

— Peut-être craignez-vous que ma conduite, irréprochable, je le répète, ne nuise à la carrière de votre fils ?

2

Jamais Lucie Sauviernes ne s'était senti vibrer d'une semblable impatience, même lorsqu'elle attendait la déclaration de Paul !

Pauvre Paul ! Jamais encore elle n'avait éprouvé un tel détachement à son égard. Il s'était définitivement retiré de sa vie. Dans son souvenir — où il n'avait jamais tenu une grande place —, il n'était plus que le père de Marguerite.

Debout devant la gerbe de roses rouges que lui avait fait livrer Ferdinand des Marais, harmonisant l'ordonnance des fleurs pour tromper son impatience, elle attendait.

Elle leva les yeux vers la glace, placée au-dessus de la cheminée, et s'examina. Etait-elle suffisamment à son avantage ? Sa coiffure lui allait bien. Ce chignon, bouclé sur la nuque, dégageait admirablement son visage dont les traits ressortaient dans toute leur finesse. Sa robe, de la dernière mode, faisait paraître sa silhouette plus élancée, plus élégante que jamais, et accentuait la souplesse de sa taille. Tout était vraiment parfait.

Elle sourit, satisfaite, et ramena sur les fleurs

une attention qui fut aussitôt détournée par une
question pressante : que ressentait-elle à l'égard de
Ferdinand des Marais ?

Il était grand temps de s'interroger sérieusement sur ses sentiments.

Lucie dut reconnaître que Ferdinand des Marais
exerçait une réelle attirance sur elle. Ce n'était
pas seulement pour sa fortune. (Certaines mauvaises langues — dont bien entendu Valentine —
affirmaient que les des Marais étaient ruinés, mais
Lucie n'en croyait rien, car leur train de vie était
assez élevé.) Ferdinand l'attirait pour lui-même. Il
savait s'habiller, sa conversation était plaisante. Il
parlait aussi bien de musique, de littérature, de
peinture, de théâtre et de cinéma, que de chevaux
et de voitures. Rien de comparable avec Paul.
Paul qui n'était à l'aise que dans son vieux cos-
tume de velours côtelé. Lui ne savait parler que de
blé, de vergers et de chasse et de chiens. Aucune
distraction n'était possible avec lui. Certes, elle
savait tout cela quand elle l'avait épousé, mais
alors elle était séduite par *la Roncière*. Mais aujour-
d'hui, était-elle seulement séduite par le château de
Ferdinand ?

Elle devait s'interroger ! S'interroger en pro-
fondeur afin d'être absolument certaine de ne pas
se tromper. Ne pas recommencer l'erreur de *la
Roncière*.

Lucie enfouit son visage dans la gerbe pourpre.
Mais si elles étaient belles, les roses n'avaient pas
de parfum. Elle soupira. Une femme sans amour
est comme une rose sans parfum.

Elle ferma les yeux, interrogea son cœur.

Sincèrement — oui, vraiment, en toute sincérité —, elle éprouvait plus d'attirance pour le châtelain qu'elle n'en avait jamais éprouvé pour Paul. Dès que Ferdinand des Marais apparaissait, elle était en proie à un trouble délicieux qui faisait battre son cœur.

Etait-ce de l'amour ? N'ayant jamais éprouvé ce doux sentiment de l'âme, cet élan du cœur, Lucie était incapable de le reconnaître.

— Je vais à ma leçon de piano, maman !

Lucie sursauta et porta la main à son cœur.

— Marguerite ! Que tu es bruyante, ma pauvre enfant !

Marguerite serra les lèvres ; elle n'avait pas fait de bruit.

Elle observa sa mère, étonnée de la voir si coquettement vêtue un jour de semaine.

— Eh bien, qu'as-tu à me regarder avec ces yeux ronds ?

— Tu attends du monde, maman ?

— Oui.

— La cousine Valentine ?

— Non.

Marguerite glissa un regard sur les roses.

— Monsieur des Marais ?

Lucie redressa une fleur.

— Tu vas être en retard, Marguerite. Tu sais que mademoiselle Bertin n'aime pas attendre...

— Tu as l'intention de te remarier ?

Le teint laiteux de Lucie se nuança de rose. Elle eut un froncement de sourcils.

— Marguerite ! Je n'aime pas l'indiscrétion !

A son tour, Marguerite fronça les sourcils.

— Et moi, je n'aime pas monsieur des Marais.

— Pourquoi ? C'est un homme exquis.

Marguerite retint un haussement d'épaules. Exquis ? Qu'est-ce que cela signifiait ? Appliqué à Ferdinand des Marais, le mot était vide de sens.

— Je ne l'aime pas, répéta la jeune fille, boudeuse.

Elle eût été incapable d'expliquer sa réserve. Etait-ce à cause de son père qu'elle n'aimait pas Ferdinand des Marais ? Oui, sans doute. Mais peut-être aussi parce qu'elle soupçonnait Lucie de vouloir la marier au cousin Pierre afin d'avoir le champ libre.

— J'en suis désolée pour toi, ma petite fille, répondit Lucie, mais, si monsieur des Marais souhaitait m'épouser, j'accepterais, ne t'en déplaise.

Marguerite regarda sa mère droit dans les yeux.

— Et n'en déplaise à grand-père ?

Elle attendit une réponse, mais Lucie se détourna.

Alors, la jeune fille tourna les talons, sortit, et claqua la porte très fort.

De nouveau, Lucie sursauta.

« Cette enfant me rendra folle ! se dit-elle. Elle devient de plus en plus insupportable. Valentine a raison de vouloir hâter le mariage. Sans doute est-elle un peu jeune. Ma foi, tant pis ! Si je veux épouser Ferdinand... »

Qu'en dirait l'oncle André ? D'un petit geste agacé, Lucie chassa cette pensée importune. Elle n'avait pas de comptes à lui rendre. Sa vie lui appartenait. Et Marguerite aussi.

Pour Marguerite, il était à craindre que le vieil homme ne mît son veto. Eh bien, on ne le préviendrait que lorsque l'affaire serait bien engagée !

Il n'y avait pas trois minutes que Marguerite était partie que Ferdinand des Marais se faisait annoncer. Sans doute avait-il attendu la sortie de la jeune fille pour se présenter.

Lorsque Julie eut refermé la porte sur lui, Ferdinand des Marais s'avança vivement vers Lucie. Saisissant la main que cette dernière lui offrait, il la porta à ses lèvres. Cette fois, le respect qui l'animait trois jours plus tôt avait fait place à une passion fougueuse.

— Ah ! Lucie ! Lucie ! Enfin, cette joie de vous avoir à moi seul, sans témoin pour nous interrompre !

Malgré le trouble qui avivait le sang dans ses veines, Lucie gardait la tête froide. D'un geste un peu brusque, elle retira sa main.

— Mon ami, mon ami, je vous en prie, soyez raisonnable ! J'ai accepté de vous recevoir parce que j'ai une grande confiance en vous. Ne me le faites pas regretter...

Ferdinand des Marais se calma aussitôt. Il ne devait pas risquer de compromettre ses chances par trop d'empressement.

— Pardonnez-moi, mais je suis si heureux...

Cela fit sourire Lucie. Elle était flattée de se voir l'objet de tant de... Devait-elle dire : adoration ? Le mot était un peu fort.

— A ce point ? Pour une simple visite d'ami-

tié ? Venez, allons nous asseoir dans le jardin. Il
fait si beau !

Lucie entraîna le visiteur à l'ombre d'un tilleul.
D'une main gracieuse, elle désigna un siège à son
compagnon et s'étendit sur une chaise longue.

Ferdinand des Marais déplaça son fauteuil pour
être près de la jeune femme et prit la main de celle-
ci. Le tableau, pour affecté qu'il fût, avait un
charme désuet agréable.

Il y eut quelques secondes de silence durant
lesquelles on entendit roucouler un pigeon. A quelques pas, un massif de lis blancs exhalait un parfum
lourd et grisant.

— Je voudrais pouvoir espérer de cette visite
plus que de l'amitié, murmura soudain Ferdinand
des Marais.

Les doigts de Lucie eurent un léger frémisse-
ment. Elle éprouvait un sentiment bizarre, qui
l'oppressait un peu. Une pensée lui vint, désagréable... Et si Ferdinand n'était pas sincère ?... si les
mauvaises langues avaient raison ?... s'il ne cherchait qu'une aventure ?...

— Ah ! Lucie ! Vous êtes chaque jour plus
merveilleusement belle, plus — permettez-moi de
vous le dire sans détour — désirable. Je voudrais
être poète pour vous chanter comme Ronsard (*)
chanta Cassandre, Hélène...

« Je suis parfaitement ridicule, se disait le châ-

---

* L'œuvre du poète français Pierre de Ronsard (1524-
1585) — *Odes, Amours, Hymnes* — fut critiquée en son
temps par François de Malherbe puis oubliée. C'est à
Sainte-Beuve (1804-1869) qu'on doit sa réhabilitation.

telain tout en débitant ses fadaises. Et je ne suis
sans doute pas le seul à m'en rendre compte. »

Il réagit, un peu brutalement peut-être. Mais
mieux valait être brutal que ridicule. Il lâcha la
main que Lucie lui avait abandonnée et se leva.

— Au diable toutes ces sornettes ! s'écria-t-il.
Lucie, n'avez-vous pas l'impression que nous jouons
une comédie du Boulevard des années 30 ?

Lucie, tout d'abord surprise, se mit à rire.

— On ne peut pas être moins aimable, fit-elle
remarquer. Vous me dites belle, désirable même,
et voilà que vous qualifiez vos propos de sornettes.
Grand merci !

Elle riait sans savoir si c'était par amusement
ou par dépit. Elle ne savait plus que penser de
l'attitude de Ferdinand des Marais.

Ferdinand des Marais fit quelques pas, le cœur
un peu affolé comme celui d'un collégien à son
premier amour.

« J'aime Lucie, mais... »

Il y avait ce « mais », lourd de conséquences.

Mais... Lucie n'avait pas de fortune et les des
Marais avaient un pressant besoin d'argent. Les
membres de la tribu se ligueraient contre lui : sa
grand-mère, sa mère, sa sœur, les plus acharnés,
et son frère.

« Et si je passais outre ?... »

Lucie était si belle ! Oh ! l'avoir à lui sans s'engager !

Allons bon ! qu'allait-il penser là ! Lucie n'était
pas de ces femmes qui acceptent l'ombre dans
l'amour. D'ailleurs, il n'oserait pas le lui proposer.
Ce serait la perdre définitivement. Comment conci-

lier l'amour et l'intérêt ? Ce n'était pas possible. Il
devait choisir. Entre la raison et le sentiment.

Heureusement, les membres de la tribu igno-
raient encore l'existence de Lucie. Ils cherchaient,
de leur côté, l'héritière idéale...

S'ils la découvraient, pourquoi Abel ne se
sacrifierait-il pas ? Il était encore célibataire. C'était
son tour...

— Ferdinand ! s'écria Lucie, agacée par le
silence de son compagnon. Vous pourriez faire
amende honorable !

Ferdinand ne répliqua pas sur-le-champ. Il
réfléchissait au moyen de pousser son avantage...
Ne s'était-il pas déjà sacrifié ? Ce premier mariage
ne lui avait apporté aucun bonheur. Germaine était
de la même trempe que sa grand-mère, sa mère,
sa sœur. Une femme-tyran. Lucie était si douce !
Il revenait à Abel de trouver — et pour lui —
l'épouse-coffre-fort !

Ferdinand prit sa décision et se lança :

— Lucie, je vous aime ! Voulez-vous être ma
femme ?

Pendant une bonne minute, la stupéfaction
empêcha Lucie de répondre. Cette proposition la
prenait au dépourvu. Elle ne l'attendait pas si tôt...

— Mais, je...

Elle se tut, incapable d'en dire plus.

Ferdinand revint vers elle.

— Pardonnez-moi, Lucie. Je suis très maladroit, je m'en rends compte. Trop brutal aussi. Je
n'aurais pas dû agir ainsi. J'aurais dû vous faire
une cour discrète. Mais je vous aime, Lucie, et je
ne peux attendre !

— Nous nous connaissons à peine, mon ami...

— Est-il nécessaire de bien se connaître pour s'aimer ?

Lucie était étourdie, elle ne savait plus très bien où elle en était. Accepter ? Refuser ? Attendre ?

— Non, bien entendu. Mais...

Ferdinand crut comprendre la raison de son hésitation.

— Sans doute êtes-vous effrayée par les bruits que l'on colporte...

— Je n'écoute jamais les ragots !

— Cependant, ils portent en eux une part de vérité.

— Ah ?

— Vous devez le savoir, Lucie : ma famille est aux trois quarts ruinée...

Lucie écoutait les explications de Ferdinand des Marais, profondément surprise de n'éprouver aucune déception.

« Mais, je l'aime ! se dit-elle. Je l'aime puisque je me moque de sa ruine ! »

Mais elle devait tout de même réfléchir avant de s'engager définitivement.

— M'acceptez-vous tel que je suis, Lucie, c'est-à-dire sans fortune ? Je n'ai que mon amour pour vous...

— Je ne puis vous répondre immédiatement. Laissez-moi quelques jours de réflexion, je vous en prie.

— Quand me donnerez-vous votre réponse ?

« Je l'aime, mais de quoi vivrons-nous ? Quel dilemme ! Si je l'épouse, l'oncle André m'ôtera sans doute la jouissance de cette maison. Nous serons pauvres !... »

Perspective décourageante !

Et Marguerite ? Evidemment, en la mariant aussi vite que possible à Pierre Parmelaud...

— Quand me donnerez-vous votre réponse ?

Lucie eut un léger sursaut.

— Je ne sais pas, mon ami. Je suis si troublée ! Dès que ma décision sera prise, je vous la ferai connaître. Jusque-là, ayez la patience de ne pas chercher à me revoir.

— Ne pas vous revoir !

— Oui, mon ami. Cela est nécessaire, je vous assure. J'ai besoin de solitude, de silence pour me recueillir.

Ferdinand prit la main de Lucie et la pressa doucement.

— Je vous en supplie, mon amie : ne me faites pas trop attendre.

— Je vous promets de rendre ce délai aussi court que possible.

— Me direz-vous au moins si vous m'aimez ?

Lucie se leva.

— Vous ne m'êtes pas indifférent, Ferdinand. Je suis, je l'avoue, très sensible à votre présence. C'est tout ce que je puis dire.

— C'est déjà un espoir... Merci de me le donner, Lucie.

— Maintenant, partez... Partez vite.

Lucie appuya sa tête contre le coussin, les yeux clos.

Le pigeon, qui s'était trouvé une pigeonne, roucoulait de plus belle. Le soleil, en frappant les lis, en exaspérait le parfum. La jeune femme porta la main à son front.

— Pourquoi restes-tu si près des lis, maman ? Tu sais que leur odeur t'incommode.

Lucie sursauta. Pour une fois, Marguerite n'avait fait aucun bruit, pas même en ouvrant le portail.

— Monsieur des Marais m'a demandé de l'épouser.

Le regard de Marguerite s'assombrit.

— Et tu as accepté, bien entendu.

— Pas encore. Je lui ai demandé de m'accorder quelques jours de réflexion. A cause de toi.

Lucie se réfugiait derrière sa fille. Avait-elle peur de prendre elle-même une décision ?

— Tiens ! je pensais que mon opinion ne comptait pas ! Si tu aimes monsieur des Marais, épouse-le, maman. Mais moi, quoi qu'il arrive, je n'épouserai pas le cousin Pierre !

Après avoir jeté cette petite bombe aux pieds de sa mère, Marguerite courut se réfugier dans sa chambre, laissant Lucie à son double problème.

CHAPITRE III

1

Comme elle le faisait tous les matins depuis que Jacques avait décidé ce voyage aventureux, Marthe Sauviernes s'était rendue à Saint-Prix pour assister à la première messe. Sa prière était toujours la même : « Seigneur, faites que notre fils perde le goût de l'aventure ! Retenez-le près de nous ! »

Marthe Sauviernes venait tout juste de doubler le cap des quarante ans. Elle était de taille moyenne, mince et d'une élégance naturelle. Ses cheveux bruns, coupés court, bouclant sur la nuque, dégageaient l'ovale régulier de son visage. Elle n'avait pas la beauté parfaite de sa cousine Lucie, mais il y avait dans ses traits, nets et agréables, une chaleur humaine qui attirait et retenait. Des yeux noisette, au regard bienveillant, d'une douceur compréhensive.

Un caractère conciliant mais énergique, une humeur toujours égale, le sourire facile.

Son intelligence, sa bonté, son indulgence, faisaient que l'on aimait sa présence, même quand elle restait silencieuse. Il émanait d'elle une sérénité qu'elle savait garder dans les circonstances les plus difficiles. Une femme de tête, sans doute, mais surtout une femme de cœur qui savait aimer et se faire aimer.

En quittant l'église, Marthe avait visité une amie souffrante.

Suzanne Duverger était la fille d'un ancien colonel au caractère difficile, autoritaire jusqu'au despotisme, qui ne reconnaissait pas les sacrifices de sa fille.

Jusqu'à l'âge de trente ans, Suzanne Duverger avait soigné une mère impotente et geignarde. Puis, au moment où, soulagée — le mot était cruel mais exact — par la mort de sa mère, elle aurait pu créer son propre foyer, son père avait été mis à la retraite d'office, à la suite d'une triste affaire où il avait été la victime plus que le coupable. Avec son abnégation habituelle, Suzanne s'était alors consacrée à ce père aigri et abusif. Durant une dizaine d'années, elle avait supporté stoïquement les récriminations de cet égoïste sans jamais se plaindre.

Aujourd'hui, à quarante-deux ans, libérée de toutes ses chaînes, elle vivait enfin paisiblement.

Suzanne Duverger posa sur Marthe un regard d'un bleu d'outremer qu'éclairait la chaleur de son amitié.

— Comme c'est gentil à vous, Marthe, de me consacrer quelques-uns de vos moments ! J'en suis très touchée... Je ne sais comment vous en remercier.

Marthe Sauviernes se pencha vers son amie,

assise dans un grand fauteuil, devant la fenêtre
ouverte.

— Suzanne ! Comment pouvez-vous parler
ainsi ? Me remercier d'une visite amicale qui est
naturelle et me fait plaisir autant qu'à vous ? A-t-on
idée !... Je vous trouve meilleure mine qu'à ma
dernière visite. Comment vous sentez-vous ?

— Je suis sur la fin de ma convalescence. C'est
dire que je vais bien mieux. Et à *la Roncière* ?

— Nous revivons depuis que Jacques est auprès
de nous.

— A-t-il toujours ces idées d'aventures ?

— Plus que jamais ! Rien, je le crains, ne
pourra les lui ôter de l'esprit.

— Un joli minois, peut-être ?

— Peut-être. Mais il n'y en a pas à l'horizon.

Suzanne Duverger demeura un instant rêveuse,
puis elle demanda :

— Avez-vous des nouvelles de Marguerite ?

Marthe hocha tristement la tête.

— Voici quelque temps que nous n'avons rien
reçu d'elle. Il semble qu'elle nous oublie.

— Cela m'étonnerait de cette enfant ! Elle a
beaucoup d'affection, de tendresse pour vous...

Suzanne Duverger n'en dit pas plus. Elle
n'avait pas à colporter les bruits qui couraient au
sujet de Marguerite et de Pierre Parmelaud. Ce
projet de mariage n'était sans doute qu'un on-dit :
Marguerite était si jeune...

Les deux femmes demeurèrent quelques secondes silencieuses. Puis Suzanne Duverger sourit.

— J'ai une grande nouvelle à vous annoncer,
mon amie. Mais je redoute que vous ne me gron-
diez comme l'a fait la sœur de notre curé.

Marthe observait Suzanne Duverger, satisfaite de lui voir cet entrain qui la rajeunissait.

— Auriez-vous fait une folie ?

— Oui. Une folie qui me remplit de joie.

— Je vous écoute.

Suzanne Duverger croisa ses mains comme pour une prière et ferma à demi les yeux, guettant avec un plaisir dissimulé les réactions de son amie.

— Je vais avoir un enfant.

Une stupéfaction, bien légitime, couvrit le visage de Marthe. Suzanne Duverger se pencha et posa la main sur le bras de sa visiteuse.

— Ne soyez pas aussi effarée, chère Marthe, dit-elle en souriant toujours. Je ne l'aurai pas de la façon habituelle. Pardonnez-moi cette petite plaisanterie. Je veux dire que je vais adopter un enfant.

Marthe soupira.

— Je vous avoue que vous m'avez effrayée, Suzanne. Mais vous allez réellement adopter un enfant ?

Les yeux de Suzanne Duverger rayonnèrent de bonheur.

— Adopter n'est pas vraiment le mot. C'est, en quelque sorte, un héritage.

— Un héritage ! Je vous comprends de moins en moins.

— Une de mes jeunes parentes, orpheline, vient de mourir... Elle m'avait priée de m'occuper de son enfant et j'avais accepté. Je me sens si seule, si inutile.

— Inutile ! Quand vous avez déjà fait plus que votre devoir ! Vous charger d'un tel fardeau quand vous pouvez enfin vivre pour vous, tranquillement, sans plus de souci !

— Vous me dites exactement ce que m'a dit mademoiselle Breton.

— N'avez-vous pas assez donné de votre temps et de votre peine ?

Le regard de Suzanne Duverger se voila.

— Vous ne m'approuvez pas ? Il ne manquera de rien. J'ai des rentes confortables, cette maison et ma boutique de mercerie. Et je l'aimerai tant !

— Un enfant est une source de soucis.

— De soucis seulement ?

Marthe regarda longuement son amie, avec une affection renforcée. Suzanne était ainsi : faite pour se dévouer.

— De joies aussi, chère Suzanne, répondit-elle doucement. De joies surtout.

Le regard de Suzanne Duverger s'attendrit.

— Ces joies qui ne m'ont jamais été données, je ne les connaîtrais jamais sans lui. Ma cousine, Huguette Dumas, me déconseille d'accepter cet « héritage ». Et vous, mon amie ? Vous qui savez tout ce qu'un enfant peut nous apporter, nous donner... Quand je songe à tout ce que je peux lui donner moi-même !

Marthe sourit.

— Prenez cet enfant, chère Suzanne. Prenez-le si vous sentez que vous avez assez de force, assez d'amour pour l'élever. Vous en serez récompensée, j'en suis certaine.

Le visage de Suzanne Duverger reprit son rayonnement de joie. Elle serra le bras de Marthe qu'elle n'avait pas lâché.

— J'ai cette force, cet amour. Ils sont en moi depuis toujours. Je les ai eus pour ma mère, pour mon père. Comment ne les aurais-je pas pour ma fille ?

— C'est donc une fille !

— Oui. Elle a deux mois. Sa mère est morte voilà quinze jours.

— Et son père ?

Suzanne eut un geste de la main.

— Un homme marié, et qui ne s'est pas manifesté ! Voyez, sans moi, ce serait la tristesse de l'orphelinat pour Françoise.

— Elle s'appelle Françoise...

— Oui.

— Un joli nom. Est-elle baptisée ?

— Pas encore.

— Eh bien, si vous l'acceptez, je serai sa marraine et Charles sera son parrain.

De nouveau, Suzanne croisa les mains.

— Mon Dieu, que vous êtes bonne, mon amie !

L'horloge sonna neuf coups. Marthe se leva.

— Neuf heures déjà ! Il faut que je me sauve. Dès que votre fille sera près de vous, prévenez-nous. Charles et moi, nous viendrons aussitôt pour faire la connaissance de notre filleule. Reposez-vous bien, Suzanne, afin d'avoir toutes vos forces pour recevoir Françoise.

Les deux femmes échangèrent un long regard affectueux et se quittèrent, contentes.

Ce que Marthe et Suzanne Duverger ne pouvaient savoir, c'est que, bien des années plus tard, Françoise épouserait le fils aîné de Jacques.

Marthe Sauviernes rencontra le facteur à mi-

chemin de *la Roncière*. Elle retint son cheval et
arrêta la charrette à sa hauteur.

— Vous faites votre tournée à pied, aujour-
d'hui ?

Le facteur, un petit homme d'une cinquan-
taine d'années, aux épaules étroites qui pliaient sous
le poids de son sac, hocha la tête.

— Ah ! ne m'en parlez pas, ma pauvre dame !
répondit-il en épongeant, à l'aide d'un grand mou-
choir à carreaux, son front couvert de sueur. Le
gamin a eu la mauvaise idée de se servir de mon
vélo dimanche et il a roulé avec dans le fossé. Heureusement, lui n'a rien eu, mais les roues de la
machine sont faussées. Et je n'aurai pas les nouvelles avant trois jours.

— Si vous avez du courrier pour *la Roncière*
et les deux fermes, donnez-le-moi. Mon fils le por-
tera. Cela vous évitera une course. Et puis, tenez,
montez donc. Je vous laisserai au carrefour du
Calvaire.

Le brave homme eut un large sourire.

— C'est pas de refus, madame Sauviernes, répondit-il en s'installant près de Marthe. C'est pas
qu'il fasse encore bien chaud et que je craigne la
chaleur, mais la route est longue avec ces chemins
qui n'en finissent pas de se couler par la campagne
comme des couleuvres qui ne savent pas si elles
doivent aller à droite ou à gauche. Et que je te
monte ici, et que je te monte là ! C'est que j'ai sept
hameaux à desservir ! Ce soir, j'aurai bien vingt-
cinq kilomètres dans les jambes. Passe encore à
bicyclette, mais à pied, ça finit par compter.

Il ouvrit son sac, tira le courrier, quatre journaux, trois revues, quelques lettres pour *la Ron-*

cière, un journal pour *les Chèvrefeuilles* et un autre pour *les Feuillards*. Un instant, il demeura indécis, une lettre à la main. Enfin, il se décida à demander :

— Si c'est pas abuser de votre bonté, madame Sauviernes, je vous donnerais bien aussi la lettre pour *le Moulin du Petit Val.*

Marthe sourit.

— Donnez, facteur, donnez ! Ce n'est pas plus loin que les fermes et Jacques a de bonnes jambes...

— C'est vraiment bien aimable de votre part et je ne sais comment vous remercier.

— Ne me remerciez pas, c'est si peu de chose.

— Eh bien, quand j'aurai mon vélo, je vous porterai une bouteille de liqueur. C'est ma femme qui la prépare elle-même. Ça vous a un de ces bons petits goûts de cerise ! Vous m'en direz des nouvelles...

— C'est vous qui êtes aimable, facteur. J'accepte avec plaisir. J'ai goûté de votre liqueur chez mademoiselle Duverger et je l'ai trouvée très agréable.

— Ma femme en faisait toujours deux bouteilles pour le colonel qui savait l'apprécier.

— Mon oncle et mon mari l'apprécieront également.

Le brave homme était tout content que son remerciement fût accepté. Ils parlèrent un peu de la pluie et du beau temps, des blés déjà hauts. Marthe laissa son compagnon au carrefour. Lui allait à gauche, elle à droite.

Tout en poursuivant son chemin, elle songeait à son amie. Cette bonne Suzanne ne savait décidément pas vivre sans se dévouer. Mais jusqu'à présent, son dévouement n'avait pas reçu sa récompense. Peut-être cette enfant était-elle cette récompense tant méritée ?

Marthe l'avait pensé. C'est pourquoi elle avait approuvé la décision de Suzanne Duverger. Un enfant apporte tant de joie ! Mais il grandit et les enfants deviennent parfois ingrats.

Mais, à quoi bon se tourmenter ? Pourquoi ne pas avoir confiance dans la Providence ? Suzanne ne pouvait pas ne pas recevoir sa récompense !

Marthe reporta son attention sur le courrier. Une lettre était pour Jacques, venant de son ami Guillaume.

Marthe contempla longuement l'enveloppe grise et l'écriture qui s'y étalait. Une écriture haute et énergique, celle d'une nature aventureuse. Sans Guillaume, jamais son fils n'aurait eu l'idée de réaliser son rêve et elle en voulait quelque peu à ce garçon d'entraîner Jacques dans une semblable aventure. Des mois et des mois sans nouvelles, à vivre dans l'angoisse, à se demander s'ils ne s'étaient pas perdus dans un de ces trop vastes océans !

Marthe tenait rigueur à son oncle et surtout à son mari d'avoir accepté aussi facilement ce voyage. André en était tout de même un peu inquiet, mais Charles pas du tout. Charles se rendait-il seulement compte de ce qu'il représentait comme dangers ? N'était-ce pas condamner leur fils ? Mais comment empêcher Jacques de partir ? En le lui demandant ? Oh ! il se plierait à son désir, elle en était certaine ! Mais il était si heureux de ce voyage qu'elle ne se sentait pas le courage de briser cette joie.

Plongée dans ses pensées, Marthe faillit continuer sur la route départementale au lieu de prendre le chemin vicinal qui menait à *la Roncière*. Mais le cheval était là pour la rappeler à l'ordre. Ce fut lui qui tira sur les rênes comme pour demander : « Nous tournons ? »

Dans le chemin creux qui descendait vers le domaine, l'animal avait allongé le pas de lui-même.

A gauche, il y avait un bois de châtaigniers, à droite, des champs et des prés.

Marthe aperçut enfin le long mur de clôture de *la Roncière*. Il avait bien besoin d'être relevé en plusieurs endroits. Les noisetiers qui le bordaient en large haie demandaient à être taillés et même coupés, car ils empêchaient les pierres de respirer. Evidemment, un mur nu serait plus triste. Si Jacques voulait cisailler de-ci, de-là, cela ferait toujours plus propre.

Chaque fois que Marthe franchissait le grand portail de bois grenat, dont le fronton se garnissait d'une magnifique glycine mauve — qui avait l'âge d'André — elle éprouvait une joie infinie, un bonheur total.

« Je rentre chez moi ; les miens m'attendent ! » Etait-il pensée plus douce ?

Marthe était entrée à *la Roncière* comme infirmière. La femme d'André était sa première malade... et elle était terriblement angoissée. Mais Blanche Sauviernes avait su très vite chasser cette angoisse.

Marthe avait été heureuse tout de suite. André était la bonté même, Blanche était attachante. Et surtout, il y avait Charles ! Elle l'avait aimé au premier regard. Un amour que rien n'était venu troubler, que Blanche avait deviné et encouragé. Hélas ! la pauvre femme n'avait pu assister à son couronnement. La mort l'avait prise six mois trop tôt.

Marthe regarda autour d'elle et se sentit couler dans le bonheur.

L'un des deux domestiques vint chercher cheval et voiture.

Marthe pénétra dans la maison.

Un large vestibule, dallé de carreaux noirs et blancs, meublé de deux hauts coffres anciens, admirablement sculptés. Accroché au mur, entre les portes du salon et de la salle à manger, un massacre de cerf et un ratelier à cinq fusils. Au fond, la porte qui menait à la cuisine ; à gauche, celle du bureau-bibliothèque. Le long du mur de cette pièce l'escalier en chêne sombre, aux marches reluisant de propreté. Marthe en aimait la rampe aux balustres finement torsadées. Au moment où elle entrait, Jacques descendait sur la rampe.

— Oh ! Jacques ! Tu es trop grand maintenant !

Le jeune homme éclata de rire et arriva comme un bolide près de sa mère qu'il prit dans ses bras.

— C'est pour t'embrasser plus vite !

Marthe eut un rire jeune et léger. Du bout des doigts, elle donna une tape sur la joue de son fils.

— Veux-tu bien me lâcher, grand fou ? Tu m'étouffes.

— Tu es la plus merveilleuse des mères ! Je voudrais t'emmener avec moi.

Marthe replaça derrière son oreille une petite mèche que Jacques avait dérangée dans sa fougueuse étreinte.

— Où voudrais-tu m'emmener ?

— Dans mon voyage, bien entendu !

Marthe fit la moue.

— Je n'y tiens pas du tout !

Jacques la regarda un long moment, les yeux plissés. Puis il soupira.

— Tu n'apprécies pas ce voyage, n'est-ce pas ?

— Comment pourrais-je l'apprécier puisqu'il va t'éloigner de moi durant des mois ? Dans trois jours, je ne t'aurai plus. Tu me manquais déjà tant !

Jacques reprit sa mère entre ses bras et la câlina tendrement.

— Je sais bien, maman chérie. Mais, si tu savais comme je suis heureux ! J'étais fait pour naître au siècle des grandes découvertes. J'aurais pu voyager avec Christophe Colomb...

— Enfant chéri et fou ! murmura Marthe, et dans sa bouche les mots fondaient de tendresse. J'ai rencontré le facteur, ajouta-t-elle. Le pauvre homme était à pied et je lui ai pris le courrier des deux fermes. Tu le porteras en te promenant. Il y a aussi une lettre de ton ami Guillaume...

Jacques s'empara de la lettre d'un geste avide et s'acharna d'une main qui s'impatientait sur l'enveloppe dont le papier épais lui opposait résistance. Que renfermait la missive ? Il n'était pas prévu que

Guillaume écrivît puisqu'ils devaient se retrouver trois jours plus tard à Marseille.

Dès les premières lignes, il laissa échapper une sourde exclamation et son visage se couvrit d'un voile de profonde déception.

Marthe, dont le cœur battait d'espoir, cachant son impatience, demanda calmement :

— Ce n'est pas une mauvaise nouvelle, au moins ?

Jacques se laissa tomber sur une marche de l'escalier.

— Le coup dur, maman ! Non, mais tu te rends compte ? Tu te rends compte ?

— Je me rendrai peut-être compte quand tu m'auras expliqué de quel ordre est ce coup dur.

Jacques était complètement effondré. En le regardant, Marthe le revit, quinze ans plus tôt, le jour où il avait trouvé son jouet préféré mis en pièces par les petits doigts nerveux de Marguerite. C'était la même attitude d'accablement, la même expression de désolation. Elle vint s'asseoir auprès de lui et lui prit la main.

— Dis-moi ce qui ne va pas, mon chéri ! Peut-être pourrai-je t'aider ?

Jacques chiffonna la lettre et d'un geste rageur l'envoya à l'autre bout du vestibule.

— Tu n'y peux rien, strictement rien ! Personne n'y peut rien. Guillaume s'est cassé la jambe ! Fracture ouverte... Il a été opéré il y a cinq jours.

L'événement pour lequel elle avait tant prié ! Mais elle ne l'avait pas souhaité aussi grave...

— C'est la guigne ! bougonna Jacques, le front ombrageux. Impossible de partir avant quatre ou cinq mois ! Et encore, on aura de la chance si on

peut partir cette année ! Moi qui étais si content !
C'est tout de même stupide ! Il aurait pu faire
attention !

Marthe eut un léger froncement de sourcils.

— Jacques ! dit-elle d'un ton de reproche.
Calme-toi, veux-tu ? Tu as une réaction d'égoïste et
je n'aime pas du tout cela.

Jacques, qui s'était levé et arpentait à grands
pas le vestibule, s'arrêta et regarda sa mère avec,
au fond des yeux, une lueur d'étonnement.

— D'égoïste ? répéta-t-il.

Marthe se leva à son tour, défroissant sa jupe
d'une main soigneuse, et répondit :

— Mais oui, mon petit. En ce moment, tu ne
penses qu'à toi, uniquement à toi, à ta déception...

— Tu ne peux pas comprendre, maman... Tu
ne sais pas ce que tout ce voyage représentait pour
moi ! Etre mis sur la touche au dernier moment !

Marthe eut ce sourire lumineux qui faisait
rayonner son visage et étoilait ses yeux.

— Ce n'est que partie remise, mon grand !
Mets de côté ta déception et pense un peu à ton
ami Guillaume. Lui aussi est certainement déçu et,
de plus, il souffre.

Jacques secoua la tête. Sa mère avait bien raison de parler d'égoïsme. Il en possédait une sacrée
dose pour n'avoir pensé qu'à lui. Le pauvre Guillaume était sûrement plus malheureux que lui à
souffrir sur son lit d'hôpital. Et de plus, il était seul.

Guillaume Lagrange n'avait jamais eu de chance
dans sa jeune vie : sa mère était morte à sa naissance ; son père s'était tué en voiture, lors d'une
course automobile ; le grand-père qui l'avait re-
cueilli était mort peu de temps après. Le garçon

avait été ballotté d'une tante à l'autre, d'un oncle à l'autre, selon le bon vouloir de chacun. Puis, il avait connu la mélancolie des murs gris d'un collège dont il ne sortait que pour les vacances. Sa rencontre avec Jacques avait été sa seule véritable joie. Et maintenant, c'était cet accident stupide ! La malchance semblait décidément poursuivre Guillaume Lagrange.

— Comment est-ce arrivé ? demanda Marthe.

Jacques hésita un instant avant de répondre, craignant la réaction de sa mère.

— En tombant du grand mât.

Marthe se sentit frémir de la tête aux pieds. Seigneur, cela aurait pu arriver en pleine mer ! Que serait devenu son Jacques, seul avec un blessé ?

Marthe eut une pensée de reconnaissance envers Dieu. Ce voyage lui apparaissait de plus en plus fou. Cependant, contrairement à ce que redoutait son fils, elle n'en dit rien, gardant ses craintes pour elle-même, et répliqua simplement :

— Heureusement que cet accident s'est produit avant le départ ! Allons, mon grand, ne te désole pas ! Vous partirez plus tard, voilà tout. Même si ce n'est pas cette année, vous le ferez, ce voyage.

Jacques eut un soupir qui aurait sûrement fendu les murs de *la Roncière* s'ils n'avaient été si solides.

— Oui, plus tard !

Mais ce « plus tard » pouvait fort bien être « jamais ».

— En attendant, tu devrais répondre immédiatement à ton ami pour lui annoncer ta visite. Le pauvre garçon doit se morfondre. Ne m'as-tu pas dit qu'il vivait seul ?

— Oui. Il a des oncles et des tantes totalement

indifférents à son sort. Des vœux au nouvel an, et c'est tout !

Marthe redressa un roseau chevelu qui s'échappait du bouquet qui agrémentait le vestibule. Puis, se retournant vers son fils, elle demanda :

— Que fera-t-il en sortant de l'hôpital où on ne le gardera certainement pas bien longtemps ?

Jacques eut un geste d'ignorance, tout en posant sur sa mère un regard où se lisait visiblement une prière. Marthe comprit et sourit.

— Tu pourrais rester près de lui jusqu'à sa sortie et le ramener à *la Roncière*, dit-elle doucement.

Les yeux de Jacques s'ensoleillèrent. Il se pencha vers sa mère et mit un baiser sur ses cheveux bruns.

— Tu es adorable, maman ! Si tu savais comme je t'aime pour cette bonté que tu es toujours prête à distribuer à qui en a besoin. Cela ne te causeras pas trop de soucis, au moins ? Je ne voudrais pas un surcroît de travail pour toi.

D'une main légère, Marthe effleura les cheveux de son fils.

— Mais non, mon grand, assura-t-elle. Une personne de plus, même avec une jambe paralysée, ce n'est pas terrible. Nous ne pouvons vraiment pas abandonner ce pauvre garçon à son triste sort.

— D'ailleurs, c'est moi qui m'occuperai de lui. Je vais lui écrire tout de suite. Je partirai jeudi...

Marthe monta quelques marches, s'arrêta et se tourna vers son fils.

— Avant d'écrire à Guillaume, n'oublie pas de porter les lettres aux fermes. Il y en a une aussi pour *le Moulin*.

Et elle reprit son ascension sans remarquer le
trouble qui s'emparait soudain de Jacques. Elle se
sentait le cœur léger, soulagée qu'elle était à la
pensée que cette course en mer ne se ferait pas
cette année. Et pourquoi ne pas espérer que Jacques ne partirait jamais ?

Marthe se pencha à la fenêtre de sa chambre
et respira, les yeux mi-clos, les mille et unes senteurs de la campagne, l'âme sereine.

Une lettre pour *le Moulin du Petit Val*! Jacques avait eu l'impression d'avoir reçu un coup de masse sur la tête. Pendant quelques secondes, il fut incapable d'un mouvement, d'une pensée cohérente. C'était le tumulte qui régnait. Une tempête de souvenirs déferlait en lui, de souvenirs qui se bousculaient sans ordre dans sa mémoire, formant un chapelet d'images si imprécises que son esprit ne s'y retrouvait plus. Pourquoi ce trouble? Que représentait-il exactement? Rancune d'un amour-propre froissé? souffrance d'un cœur blessé?

Le trouble de Jacques s'estompa peu à peu. Il prit les lettres et sortit. En passant derrière la maison, il détacha Sosie et s'éloigna, par champs et prés, vers les *Chèvrefeuilles* et les *Feuillards*.

Jacques marchait d'un pas de plus en plus lent afin de retarder une rencontre qu'il redoutait. Il ne lui restait plus qu'une lettre, glissée dans sa chemise. Il la sentait sur sa peau nue à chacun de ses

mouvements et il avait l'impression que son frottement le brûlait.

Le Moulin du Petit Val! C'était revoir Céline.
C'était aussi le souvenir des étés passés à deux.
C'était également Jean Livogne.

Chaque fois que Jacques pensait à Jean Livogne, il s'étonnait de ne ressentir aucune jalousie à
l'encontre du peintre. Il lui avait cependant pris
Céline ! Mais il songeait à lui avec une sorte, non
pas d'amitié, bien sûr, mais de cordialité. Il en
voulait à Céline seulement. Ce n'était pas Jean
Livogne qui l'avait trompé, c'était Céline.

Jacques avait pénétré assez profondément dans
la forêt. En quelques jours, les feuillages avaient
pris toute leur force et s'étalaient largement, au
point de se rejoindre et se mêler étroitement, laissant à peine filtrer les rayons du soleil. La terre
gardait encore une bonne odeur d'humus provo-
quée par la pluie de la nuit. Les sous-bois exha-
laient une paix qui ressemblait à la sérénité des
églises. Mais, la forêt n'est-elle pas la plus grande
des cathédrales, avec les troncs pour piliers et les
feuillages pour voûte ?

Jacques n'était plus maintenant qu'à quelques
pas du *Moulin.* Déjà, il entendait le murmure des
eaux qui couraient sur les rochers. Déjà, les grin-
cements de la grande roue, qui tournait toujours
mais ne servait plus depuis des années, se faisaient
entendre.

Le Moulin se blotissait au creux d'un val minuscule, une simple dénivellation, comme il y en a
beaucoup dans la forêt. Celle-ci n'avait pas cédé un
pouce de sa sauvagerie. Les sous-bois étaient plus
touffus, plus secrets que partout ailleurs. Le ruis-

seau s'y était creusé un lit parmi la rocaille et les
arbres penchaient vers lui des branches lourdement chargé de feuillages.

En apercevant soudain le toit du *Moulin du
Petit Val*, Jacques se sentit pris de panique.

Oui, vraiment, il avait peur de se retrouver en
face de Céline. Peur d'être saisi par le désir d'elle
qui demeurait en lui. Il eut envie de rebrousser
chemin. N'eût été cette maudite lettre qui le poussait en avant, il se serait sans aucun doute enfui
à toutes jambes. Mais la lettre était là, qui le brûlait, et il devait la remettre à son destinataire.

Jacques traversa donc l'eau vive en sautant de
rocher en rocher et s'avança jusqu'à la maison.

Céline Livogne chantait *A la claire fontaine*
d'une voix agréable. Cette bouffée des jours passés
atteignit Jacques et l'arrêta sur le seuil.

Avec *la Claire fontaine*, c'était toute leur enfance qui remontait dans le cœur de Jacques Sauviernes.

Combien de fois l'avait-il chanté avec Marguerite et Céline ? Des dizaines, des centaines de fois.
Et toujours de la chanson découlait une dispute
qui éclatait entre les deux filles. L'une disait « sous
la branche d'un chêne ». L'autre assurait que l'on
devait dire « sous la feuille du chêne ». Elles faisaient alors appel à son arbitrage. Et lui, tiré à
gauche par Céline, tiré à droite par Marguerite,
répondait invariablement, évitant avec soin de
prendre position pour son amie ou sa cousine,
« sous la feuillée du chêne ». Cela lui valait aussitôt l'inimitié de l'une et de l'autre. L'accord parfait
régnait rarement dans leur trio. Pourtant, ils ne
pouvaient se passer l'un de l'autre, se retrouvant

chaque jour, ayant oublié leurs querelles de la
veille pour se raccommoder et se fâcher dix fois
au cours de la journée.

Les disputes naissaient le plus souvent du caractère entier de sa cousine. Lui était plutôt enclin à
céder — il n'aimait pas tellement la chicane —,
mais Céline acceptait plus difficilement les caprices
de Marguerite. Adolescente, elle ne les tolérait plus
du tout. Céline, il est vrai, avait une excuse : Marguerite était une véritable chipie quand le sort ne
la favorisait pas.

Mais ce temps-là était bien fini. Ils étaient séparés aujourd'hui. La première, Marguerite avait
déserté leur trio et ne venait plus à *la Roncière*.
Elle ne lui écrivait même plus. Puis Céline avait
brisé leur duo. L'enfance insouciante n'était plus
qu'un lointain souvenir. L'adolescence heureuse
avait fui avec l'apparition de Jean Livogne. Il ne
lui restait plus rien que sa solitude.

En écoutant Céline chanter, Jacques oubliait
que lui-même avait été sur le point d'abandonner
ce qu'il regrettait. Sans l'accident de Guillaume,
il s'embarquait sans le moindre regret pour ce
passé qu'il venait d'évoquer avec nostalgie.

Céline se tut et Jacques, ramené au présent par
son silence, franchit le seuil.

Il ne reconnut pas le vieux moulin où ils
venaient si souvent, naguère. Etait-ce Jean Livogne
qui l'avait transformé ?

Céline ne vivait pas dans le passé, comme il
avait eu la naïveté de le croire, mais dans le présent. Là, visiblement, il n'y avait pas de place
pour le souvenir de Jacques Sauviernes. Pour
Céline, le passé était bien mort.

Les deux pièces du rez-de-chaussée, hier encore presque décombres, n'en formaient plus qu'une. Salle commune où, près d'une fenêtre agrandie, se trouvait le chevalet du peintre. De larges dalles brun-roux, luisant de propreté, avaient remplacé le carrelage défoncé. La cheminée en brique rouge avait été relevée. Des chenets de fer forgé étaient posés dans le foyer. Les murs avaient été peints en blanc. Le mobilier, rustique, bien entendu, s'intégrait parfaitement à l'ensemble.

Céline se fondait si étroitement dans ce cadre qu'elle semblait avoir été véritablement modelée pour lui. Jacques ne la reconnaissait pas.

Où était la Céline d'autrefois, la chevrette sauvage, à la robe souvent déchirée, aux cheveux dans les yeux ?

Aujourd'hui, les cheveux de feu étaient disciplinés et sagement roulés en chignon sur la nuque, et la robe, coquette, n'avait pas un accroc, pas un faux pli.

La gamine farouche, aux allures de garçon manqué, s'était transformée en femme.

Debout devant le bureau de Jean Livogne, qui n'était qu'une simple table à tiroir, Céline arrangeait un bouquet d'églantines. Le frottement des chaussures de Jacques sur le carrelage éveilla son attention. Elle ne se retourna pas et demanda simplement :

— C'est toi, mon Jean ?

Mots tout simples, mais il y avait tant d'amour en eux que Jacques en fut bouleversé. Jamais elle n'avait eu cette intonation lorsqu'elle l'appelait « mon Jacques ». A cet instant seulement, Jacques comprit que le peintre avait eu raison : Céline ne

l'avait jamais vraiment aimé. Ce qu'elle avait
éprouvé pour lui n'était qu'un reflet trompeur de
l'amour.

Curieusement, cette découverte ne troubla pas
Jacques Sauviernes. Au contraire, il se sentit soudain très calme, comme délivré du poids qui l'étouffait depuis sa rencontre avec Jean Livogne. Il
comprit, ou plutôt admit enfin que lui non plus
n'aimait pas Céline comme il se l'imaginait. Ce
qu'il ressentait pour elle n'était qu'une amitié qui
s'était trompée de nom.

Ne recevant pas de réponse, la jeune femme se
retourna. En reconnaissant Jacques, elle eut un
mouvement de recul, et pâlit légèrement.

— Toi ! murmura-t-elle. Oh ! pourquoi es-tu
venu ?

Jacques reconnut son frais visage, ses yeux
bleus, sa bouche appétissante, mais ce n'était plus
la Céline de l'abri aux chèvres. C'était Céline
Livogne.

— Pourquoi es-tu venu ? répéta-t-elle. Tu n'aurais pas dû, Jacques ! Non, tu n'aurais pas dû !

Oh si ! il avait eu raison de venir puisque cela
lui avait ouvert les yeux !

— Tu ne veux vraiment plus me voir ?

Céline baissa ses paupières aux cils courts sur
son regard affolé et rougit.

— Je suis mariée...

Jacques fit deux pas vers elle, mais n'alla pas
plus loin car elle avait reculé.

— On dirait que je te fais peur ?

C'était vrai, elle avait un peu peur de lui, mais
surtout elle était gênée par le souvenir de ce qui
avait été entre eux.

— Que veux-tu ? reprit-elle. Pourquoi viens-tu troubler ma tranquillité ? Je suis heureuse, Jacques, et je ne veux pas perdre mon bonheur ! J'aime Jean !

— Je sais, Céline. Il m'a suffi de t'entendre dire « mon Jean » pour comprendre à quel point tu l'aimes... Rassure-toi, je ne viens pas pour troubler ton bonheur. Tu n'as rien à craindre de moi. Au contraire. Sincèrement, je suis content de te savoir heureuse. Et puis, de te revoir me délivre. Tu sais, je me croyais très malheureux de t'avoir perdue, mais je me trompais. Nous nous sommes trompés tous les deux et nous avons sans doute gâché une belle amitié.

Jacques se tut. Céline Livogne se baissa pour ramasser une églantine. Elle la garda un instant entre ses mains avant de la glisser dans le vase.

Elle soupira.

— Sans doute. C'est dommage.

— Oui.

Ils demeurèrent un long moment silencieux avec dans le cœur le regret, non pas d'un amour qu'ils savaient à présent faux, mais de ce qui avait été avant lui et qui ne serait plus. C'était si rare, une amitié d'enfance.

— Qu'est-ce que tu fais là ?

Céline et Jacques sursautèrent. Jean Livogne était entré et ils ne l'avaient pas entendu. Le peintre vint à sa femme et passa son bras autour de sa taille comme pour la protéger. Ses yeux sombres se posèrent sur Jacques.

— Que viens-tu faire chez moi ?

Jacques reprit pied et esquissa un sourire timide.

— J'apporte une lettre.

Jean Livogne fronça les sourcils.

— Une lettre !

— Oui. Le facteur était à pied. Ma mère l'a rencontré en chemin. Elle a pris le courrier des fermes et il y a une lettre pour vous.

— Tu aurais pu la laisser aux *Feuillards* !

— Je n'y ai pas pensé !

Jacques tendit la lettre. Jean Livogne la prit et l'enfouit dans sa poche. Il y eut quelques secondes de silence gêné. Jacques ne savait que dire, que faire. Le peintre se détacha de sa femme, gagna son chevalet et prit ses pinceaux.

— Puisque tu as rempli ta mission, dit-il, tu n'as plus rien à faire ici. Tu peux repartir !

Jacques retint le soupir qui montait à ses lèvres. Il se sentait plus seul encore que ces derniers jours, mais d'une autre solitude. Il se tourna vers le mari de Céline.

— J'aurais aimé vous avoir pour ami, monsieur Livogne...

Le peintre le regarda un moment, se demandant s'il était sincère ou s'il se moquait de lui. Au fond, pourquoi Jacques Sauviernes ne serait-il pas sincère, comme il paraissait l'être ? Il répondit pourtant :

— Ça, mon petit, ce n'est pas possible.

— Non, bien sûr. Mais c'est dommage.

Jean Livogne eut un sourire grave qui vint adoucir un instant la sévérité de son visage.

— Oui, c'est dommage !

Il reporta son attention sur la toile.

Jacques se tourna vers Céline qui n'avait pas bougé.

— Adieu, Céline, dit-il.

Elle lui sourit, gentiment.

— Adieu, Jacques. Et bonne chance !

Il gagna la porte. Sur le seuil, il se retourna et lança en souriant :

— Céline ! On dit : « Sous la feuillée d'un chêne ».

Et il disparut.

Jean Livogne leva les yeux vers sa femme. C'était son portrait qu'il brossait.

Céline vint à lui, appuya la tête sur son épaule et lui conta l'histoire de *la Claire Fontaine*.

— Jacques n'a jamais voulu prendre le parti de l'une ou de l'autre. Alors, il chantait : « Sous la feuillée d'un chêne ». Je ne saurai jamais qui avait raison.

Jean se mit à rire.

— Pour ma part, je chantais : « A l'abri d'un grand chêne », fit-il remarquer. Chacun de nous devait avoir raison. Autant de régions, autant de versions.

Céline s'avança sur le pas de la porte et regarda l'eau couler. Elle avait un air rêveur et lointain. Jean hésita un instant avant de la rejoindre.

— Tu le regrettes ? demanda-t-il d'une voix dont il ne pouvait contenir le tremblement.

Céline se jeta contre sa poitrine, l'entourant de ses bras, se serrant très fort contre lui.

— Tu es sot, mon chéri ! Je t'aime, tu le sais bien. Je t'aime de toute mon âme ! Non, je ne regrette pas Jacques. Ce que je regrette, ce sont les heures folles que je t'ai volées. Elles n'ont pas été nombreuses, mais elles ont gâché mon premier bonheur dans tes bras.

— Il faut les oublier, Céline. Moi, je n'y pense pas. A quoi bon ? C'était avant moi. Et je t'aime.

De nouveau, sans quitter les bras que Jean avait refermés sur elle, Céline regarda l'eau.

— Je pensais aussi aux trois enfants que nous étions, Jacques, Marguerite et moi, et qui jouaient avec la roue du moulin en chantant *A la claire fontaine.*

Jean la serra plus fort contre lui.

— Ils ont grandi, les enfants.

— Oui. Il n'y a plus que toi et moi et désormais je chanterai : « A l'abri d'un vieux chêne ».

Et elle reprit la chanson.

DEUXIÈME PARTIE

Marguerite eut grand mal à contenir son bâillement d'ennui. Un ennui qui la dévorait tout entière. Elle en avait assez du papotage insipide de sa mère et de ses cousines.

Car on ne se contentait pas, le dimanche, de recevoir la chère Valentine. Il y avait aussi l'après-midi quatre autres cousines, deux sœurs vieilles filles et deux veuves, mère et fille, qui arrivaient vers 15 heures.

Marguerite en avait assez de la froide banalité du salon — on ne quittait jamais le salon, pas même en été : il faisait toujours ou trop chaud ou trop frais pour l'une ou l'autre des cousines —, de la présence de Pierre Parmelaud qui « paonnait » sans cesse, assez de voir le piano découvrir ses dents jaunes et noires de vieil âne moqueur.

Valentine ne manquerait pas de demander à son fils de leur interpréter un morceau. Elle était si fière du « talent » de son Pierre ! Mais ce talent n'existait que dans son esprit, Pierre n'avait aucun sens de la mesure. Une mécanique détraquée, voilà ce qu'il était ! Comment pouvait-on pousser l'or-

gueil maternel au point de ne pas reconnaître les
défauts de son rejeton ?

Marguerite se sentait déjà toute crispée à l'idée
de cette épreuve. Et s'il n'y avait que celle-là ! Mais
il y aurait également celle du kiosque à musique.
Quand on pensait aux bonnes soirées musicales de
la Roncière, c'était à hurler.

Marguerite ferma à demi les yeux, se laissant
aller à l'évocation des soirées d'autrefois.

Les Sauviernes avaient tous le goût de la
musique. Et non seulement le goût, mais aussi le
sens. Ils aimaient la musique, savaient la comprendre, l'écouter, et même l'interpréter avec un talent
réel.

C'était l'hiver, la neige tombait sur la terre glacée, mais, dans le salon douillet de *la Roncière*, il
faisait bon. Pas seulement parce qu'un grand feu
pétillait dans la cheminée mais aussi parce qu'il y
avait cette chaleur humaine qui ne peut naître que
de ceux qui s'aiment.

Marguerite s'enfonça dans son fauteuil, la tête
encore pleine de l'autre musique, celle de son
enfance.

Le violon de grand-père, la flûte de papa, le
piano de l'oncle Charles. Parfois, lorsque grand-père était fatigué, Jacques prenait sa place. Quelquefois l'oncle Charles lui cédait le piano. Si l'on
faisait quelques fautes, c'est que l'on avait la maladresse du jeune âge. Mais grand-père, papa et
l'oncle Charles jouaient en véritables musiciens...

— Marguerite ! La cousine Emmanuelle aimerait t'entendre chanter *le Tilleul*.

La voix de sa mère ramena brutalement Marguerite dans le présent.

Quoi ! Chanter ! Quand sa gorge était serrée par les doux souvenirs ! C'était impossible. Pas même pour Emmanuelle, la plus gentille des cousines. Et puis, elle était trop triste pour chanter.

La veille, sa mère lui avait annoncé son intention d'épouser Ferdinand des Marais. Et surtout, sans tenir compte de ses sentiments, elle lui avait redit son désir de lui voir accepter Pierre Parmelaud. En fait, il s'agissait plus d'un ordre que de l'expression d'un désir, car elle avait aussitôt ajouté, d'un ton sec qui n'appelait pas de réplique : « Le mariage se fera dans deux mois au plus tard. »

Mais si Marguerite acceptait, non sans quelque chagrin, le remariage de sa mère, elle entendait ne pas se marier, elle. Elle l'avait annoncé nettement à sa mère. Celle-ci s'était contentée de répondre : « Nous verrons qui de nous aura le dernier mot. »

Au déjeuner, on avait pris date à la fois pour le dîner des fiançailles et la cérémonie du mariage. Les cousins Parmelaud rayonnaient, Valentine plus encore que Pierre. Marguerite était un petit mur... lisse..., lisse... Impossible de savoir ce qu'elle cachait derrière sa tristesse !

— Marguerite ! Je te prie de t'exécuter !

Exécuter ! Le mot convenait parfaitement à ce qui allait suivre. Avec Pierre pour accompagnateur, ce serait sans doute une véritable exécution.

Ce fut même un massacre. Plus occupé de la chanteuse que de sa partition, le futur notaire joua plus mal que jamais et, malgré ses efforts, Marguerite ne put garder la mesure, ce qui lui évita une plus longue séance et cette remarque de la cousine Valentine :

— Tu n'es guère en forme, aujourd'hui, Marguerite !

Marguerite se retint difficilement de répliquer que le rossignol lui-même chanterait faux accompagné par un si piètre musicien.

Et le papotage reprit de plus belle et Pierre fit sa cour à la jeune fille qui ne l'écoutait pas.

En fin de compte, excédée, Marguerite se leva, s'avança jusqu'à la terrasse et, d'un regard qui traduisait son désir de fuite, embrassa l'horizon citadin et étroit qui s'offrait à sa vue. Naturellement, Pierre la suivit comme une ombre.

« Attends un peu, cousin Pierre ! Maman s'imagine avoir le dernier mot, mais je n'ai pas encore dit le mien. Elle croit, vous croyez tous, que je vais céder comme une petite fille obéissante. Quelle monumentale erreur ! Tu ne sais pas ce qui te guette, cousin ! Je te réserve un tour à ma façon. Je sais bien ce qui te pousse vers moi. Eh bien, tu seras déçu, je te le jure ! On verra, lorsque j'aurai mis ma petite idée à exécution, si ta chère maman désire encore notre mariage... Monsieur Pierre Parmelaud, votre assurance va être ébranlée ! »

Marguerite se sentit rassérénée, presque heureuse. Elle avait l'impression de voir la déception s'inscrire sur le visage de la cousine Valentine.

— Marguerite !

Pierre cherchait à lui prendre la main. Mais elle ne le laissa pas faire et le garçon, dépité, laissa retomber son bras.

— Marguerite, si nous allions nous promener ? Il fait si beau ! Nous pourrions nous rendre au kiosque. *Rosamonde de Cypern* [*] est inscrit au programme.

Et voilà ! Le kiosque à musique !

— Voulez-vous ?

La question était de pure forme...

Marguerite en avait assez. Oh oui ! assez ! Assez de devoir toujours accepter ce qu'on lui proposait ! Jamais on ne se préoccupait de ses aspirations. Elle avait assez de l'ennui mortel des dimanches de province, de leur cérémonial monotone ! Et c'était cette même monotonie, ce même ennui qu'elle connaîtrait auprès de Pierre et de Valentine. Car, bien entendu, elle devrait vivre également aux côtés de Valentine, dépendre de Valentine, obéir à Valentine, n'être qu'une ombre auprès de Valentine.

Sans caractère, Pierre était sous l'entière dépendance de sa mère. Tout ce que faisait ou disait celle-ci était parfait pour lui. Jamais il ne discutait ses décisions... Pierre, si pour son malheur elle l'épousait, donnerait toujours raison à sa mère.

Mais jamais, non, jamais, Marguerite se le jura, elle ne serait son épouse. Elle le détestait trop pour accepter l'esclavage auquel on voulait la soumettre. Jamais elle ne pourrait le supporter !

Et puis, surtout, elle aimait quelqu'un d'autre. Depuis toujours. Et c'était celui-là qu'elle rêvait d'épouser !

Elle se tourna brusquement vers Pierre, les yeux soudain étincelants, semblable à un petit coq batailleur.

(*) Musique de scène du compositeur autrichien Franz Schubert (1797-1828).

— Je déteste Schubert, répliqua-t-elle séche-
ment.

Surpris par cet éclat inattendu — jusqu'à présent, elle avait toujours été douce et docile —,
Pierre enveloppa Marguerite d'un regard perplexe
et inconsciemment inquiet. Allait-elle se révéler
volontaire ? Il n'aimait pas du tout cette perspective
qui promettait un avenir de heurts entre sa mère
et elle.

Pierre avait horreur des discussions. Cela le fati-
guait. Il aimait la vie calme et douillette, exempte
de soucis, que lui faisait sa mère, et n'appréciait
absolument pas l'idée de rebellion chez sa future
épouse. Marguerite devrait se livrer entièrement à
l'autorité maternelle. Bien entendu, il attendrait
d'être marié pour le lui signifier. Il n'était pas
question de risquer de perdre le bénéfice d'un
mariage aussi avantageux. Après tout, ce mouvement d'humeur n'était peut-être que passager !
Marguerite était si jeune encore... Il pouvait se permettre de lui passer un caprice enfantin. Il décida
donc de le prendre à la légère et d'en sourire.

— Depuis quand ? demanda-t-il d'un ton léger.

Son ton eut le don de la hérisser et elle le fusilla
du regard.

— Depuis que je me suis aperçue que vous
l'écoutiez d'un air stupidement béat !

Le jeune homme se mit à rire, mais son rire
sonnait faux. Cela semblait plus grave qu'il ne voulait bien le croire. Une pouliche rebelle ! Lui
n'avait rien d'un dompteur ! Heureusement, sa
mère saurait la mettre au pas. Il ne devait surtout
pas la heurter. Pas maintenant.

— Marguerite ! Est-ce ainsi que l'on parle à

son fiancé ? reprit-il sur le même ton. Ce n'est pas
gentil.

Non, évidemment, ce n'était pas ainsi que l'on
devait s'adresser à un fiancé, surtout quand on
avait en tête le projet de lui jouer un mauvais tour.
Elle devait ne pas éveiller sa méfiance, ni celle de
sa propre mère, ni surtout celle de Valentine.

Obéir, pour la dernière fois. Oui, la dernière !
Ensuite ce serait la liberté : elle irait chercher la
meilleure, la plus douce des protections à *la Roncière*. Grand-père, tante Marthe, oncle Charles, ne
permettraient sûrement pas un tel mariage. Jacques
lui-même, elle en était certaine, s'en révolterait.
Allons, elle devait se montrer douce une fois encore.

Marguerite baissa les paupières pour dissimuler l'éclat moqueur de ses yeux et se donner le
temps de reprendre son attitude de petite fille
modèle.

— C'est vrai, répondit-elle d'une toute petite
voix. Ce n'est pas du tout gentil de ma part. J'ai
voulu vous taquiner un peu, Pierre... Pardonnez-
moi.

Le cousin Pierre se sentit rassuré, soulagé.
C'était une fausse alerte, Dieu merci !

— C'est mieux ainsi, Marguerite ! Naturellement, je vous pardonne cette taquinerie. J'ose toutefois espérer qu'elle ne se renouvellera pas.

Il était magnanime, mais ne possédait pas un
gramme d'humour. Marguerite releva les yeux et
sourit.

— Je vous assure que je ne vous taquinerai
jamais plus, Pierre, répondit-elle avec sérieux alors
qu'elle avait une furieuse envie de rire. Je n'ai pas
cessé d'aimer Schubert et je suis très heureuse que

vous l'appréciiez aussi. Il est si agréable de partager les goûts d'un... fiancé.

Le mot passa avec une pointe d'ironie sur les
lèvres de Marguerite, mais Pierre, satisfait de la
retrouver docile, ne s'en aperçut pas.

Il alla trouver Lucie...

— Chère cousine, je viens vous demander la
permission d'emmener Marguerite au concert.

Cela faisait également partie du cérémonial
dominical... Pierre sollicitait toujours de Lucie une
permission bien inutile...

— Je vous l'accorde volontiers, mon cher garçon. (C'est ce qu'elle répondait chaque fois.) Marguerite ! Prends ta capeline. Le soleil me semble
un peu dur.

— Il n'y a rien de plus mauvais que le soleil
de mai, fit remarquer la cousine Hermance.

— Il serait dommage de gâter ce joli teint de
lis et de rose, ajouta la cousine Mauricette qui ne
desserrait les lèvres que pour proférer des bana-
lités.

Valentine vrilla son regard aigu sur Marguerite qui s'empressa de détourner la tête.

« Je n'aime pas beaucoup ces yeux, trop bril-
lants à mon goût, se disait la cousine Valentine.
Cette enfant n'est peut-être pas aussi docile que
je le pense. Il serait prudent de les marier sous le
régime de la communauté. »

Si Marguerite avait pu deviner les pensées de
Valentine, elle aurait été fort satisfaite...

Marguerite fit la grimace, l'oreille blessée par une fausse note. L'Harmonie municipale faisait de son mieux mais n'évitait pas toujours les fausses notes. Pierre écoutait béatement, bien entendu, comme s'il prenait un réel plaisir à ce qu'il entendait.

Pauvre Pierre ! Pauvre, pauvre Pierre !

Sous le charmant front apparemment serein de Marguerite un projet prenait forme. Celui de fausser compagnie à Pierre et d'aller s'enivrer de liberté dans la campagne. Elle n'avait plus la patience de supporter la compagnie du cousin. Si elle restait, elle ferait un esclandre, et ceci au beau milieu de *Rosamonde* !...

Justement, elle était assise tout au bord de l'allée, au dernier rang. Il lui suffisait de quitter sa chaise sans que son cousin s'en rendît compte, et de se perdre très vite dans les allées du parc municipal.

Aussi vite pensé, aussi vite fait !

« Adieu, détestable cousin Pierre ! Adieu et amusez-vous tout seul ! Goûtez les fausses notes

de l'Harmonie ! Et quand les cuivres et les violons
se seront tus, cherchez bien celle qui s'est envolée
comme un oiseau dont la cage s'est enfin ouverte
et qui est partie à tire-d'aile vers les vastes hori-
zons, vers le mystère de l'inconnu, vers le secret de
l'avenir. Cherchez-la bien. Courez, affolé, dans
toutes les allées. Vous ne la trouverez pas. Ce sera
tant pis pour vous. Vous ne la retrouverez pas.
Elle est perdue pour vous. A jamais ! »

Et Marguerite s'en fut flâner le long de la
rivière, choisissant les lieux les plus sauvages, hors
de la ville afin d'éviter les nombreux promeneurs
du dimanche.

Elle courait, libre, en chevrette qui a brisé sa
corde, dansant avec les papillons, chantant avec les
oiseaux. Puis, se laissant glisser parmi les premiers
coquelicots de la saison, elle reprit haleine.

— Me permettez-vous de partager votre petit
coin d'herbe, Marguerite ?

Marguerite sursauta et se redressa à demi. Elle
regarda l'importun en fronçant les sourcils.

— Oh ! c'est vous !

L'accueil n'était guère aimable...

Cependant, Marguerite était contente, relati-
vement bien entendu, de la présence de Ferdinand
des Marais.

— Je vous ai aperçue, reconnue de la route, et
j'ai pensé que votre maman vous accompagnait.

— Eh non, je suis seule ! Vous trouvez sans
doute cela choquant... Vous savez, je suis en âge
de sortir seule.

— Choquant ? Non. Imprudent, peut-être. Cet

endroit est isolé. Quelqu'un d'autre que moi aurait
pu s'arrêter.

Marguerite se mit à rire, moqueuse.

— Le grand méchant loup ? Je n'en ai pas
peur !

Ferdinand des Marais n'insista pas. Marguerite
lui faisait l'effet d'un petit hérisson en pelote ; il
ne savait trop comment la prendre.

— Si je vous importune, je peux m'en aller.

Elle le toisa — Dieu, qu'il était grand ! — avec
une moue.

— Vous pouvez vous asseoir...

— Merci !

Il s'installa près d'elle, ses longues jambes
repliées sous lui, en tailleur.

— Vous n'êtes guère bavard, fit-elle remarquer
au bout d'un moment.

Ferdinand des Marais esquissa un sourire.

— Je suis intimidé, Marguerite.

— Par moi ?

— Oui, par vous. J'ai l'impression que vous ne
m'aimez guère.

Elle le regarda droit dans les yeux.

— Oh ! vous pouvez en avoir la certitude !

— Voilà qui est net ! Vous m'en voulez tant
que cela ?

Marguerite l'observa attentivement. Au fond, à
bien le regarder, il était plutôt sympathique.

— Je savais qu'un jour ou l'autre maman se
remarierait. Elle est jeune et jolie. Mais...

Elle rougit et s'interrompit.

— Mais pas avec moi ? C'est bien ce que vous
alliez dire ?

Marguerite hocha la tête.

— Je ne sais pas. Sincèrement, je ne sais pas.

— Je crains que vos mignonnes oreilles n'aient entendu quelques bruits désagréables à mon sujet.

Elle eut un léger mouvement d'épaules.

— On dit tant de choses sur les uns et les autres ! Nul n'échappe à la médisance. Je ne laisse jamais traîner mes oreilles quand on fait des ragots.

— Me permettez-vous de me justifier ?

— Si vous le jugez utile. Mais je crois que vous n'êtes pas personnellement en cause.

— On dit que ma famille est ruinée. C'est exact. On dit aussi que j'ai épousé Germaine de Végres pour sa fortune. C'est vrai. On dit encore que je chasse l'héritière...

— Alors là, monsieur des Marais, si on dit juste, vous faites fausse route... Maman n'a aucune fortune.

— Je sais, Marguerite. Mais laissez-moi achever... C'était exact avant que je ne rencontre Lucie. Mais je l'aime et tout le reste ne compte plus. Au diable l'argent !... Ma famille me fait grise mine, mais je l'envoie aux orties...

Marguerite approuva. Ferdinand des Marais lui devenait décidément très sympathique. N'allait-elle pas, elle aussi, envoyer le cousin Pierre aux orties ?

— Mais, maman ne possédant aucune fortune, vous-même étant ruiné, comment comptez-vous vivre ?

— Vous abordez là un sujet bien sérieux pour une petite fille, fit remarquer Ferdinand des Marais.

Ce qui signifiait tout simplement qu'elle se mêlait de ce qui ne la regardait pas. Marguerite le comprit fort bien, mais elle fit la bécasse et répliqua d'un ton vif :

— Je ne suis plus une petite fille : j'ai plus de dix-sept ans. S'agissant de l'avenir de ma mère, je m'estime en droit de vous poser cette question. D'autant plus que grand-père, lorsque vous serez mariés, cessera certainement de lui verser la rente mensuelle qui nous fait vivre depuis que nous avons quitté *la Roncière*.

Elle s'était redressée sur les genoux et enveloppait son compagnon d'un regard attentif, grave, qui cherchait à l'atteindre jusqu'aux profondeurs de l'âme. Ferdinand des Marais n'en fut nullement troublé. Au contraire. Il était plutôt satisfait de cet examen dont il était l'objet. Il eut un sourire amical et hocha la tête.

— Eh bien, Marguerite ! Que pensez-vous de moi ?

Elle soupira.

— Vous êtes plutôt sympathique, mais cela ne suffit pas. Vous n'avez pas répondu à ma question : comment comptez-vous vivre ?

— Comme des millions d'autres couples. De mon travail.

— Mais, vous ne travaillez pas.

— Vous êtes un véritable juge d'instruction, Marguerite. Vous cherchez, par tous les moyens, à m'éloigner de Lucie, n'est-ce pas ?

— J'essaie de la protéger, car elle en est elle-même incapable.

— De la protéger contre moi ? Suis-je donc si redoutable à vos yeux ? Croyez-moi, Marguerite, je n'ai qu'un seul désir : lui apporter le bonheur.

Marguerite soupira de nouveau. Elle ne deman-

dait qu'à le croire. Cet homme que l'on décriait
était peut-être meilleur que ses détracteurs. Mais
saurait-il donner à sa mère tout ce que la nature
frivole de celle-ci souhaitait ?

— Maman est un oiseau, murmura-t-elle.

Ferdinand des Marais se leva, fit quelques pas,
cueillit trois coquelicots et les offrit à Marguerite
en souriant.

— Quand l'oiseleur aime l'oiseau, il fait tout
ce qu'il peut pour que celui-ci soit heureux. S'il
peut lui offrir une cage dorée, il n'y manque pas.
Si l'oiseau aime l'oiseleur, quand sa cage n'est pas
aussi dorée qu'il le souhaiterait, il n'en est pas
moins heureux. J'aime votre mère et votre mère
m'aime. Mais, soyez rassurée quant à son avenir,
qui aussi est un peu le vôtre : avec moi, vous ne
manquerez de rien, ni l'une ni l'autre. J'ai fait de
solides études de droit et je suis avocat. L'un de
mes amis toulousains possède l'un des plus impor-
tants cabinets de la ville. Il a besoin d'un assistant
et a accepté ma candidature. Etes-vous satisfaite ?
Ai-je la permission d'épouser votre mère et de vous
offrir mon affection ?

Marguerite sourit.

— Accordé, Ferdinand.

Le regard de celui-ci s'éclaira.

— Ça, c'est gentil, de m'appeler par mon pré-
nom. Rien ne pouvait m'être plus agréable. Nous
sommes amis ?

Nous sommes amis.

Visiblement, Ferdinand des Marais était heureux. Il tendit à Marguerite sa main grande ouverte
et elle y mit la sienne, toute petite.

— Puis-je vous poser une question, Marguerite ?

— **Oui.**

— Pourquoi êtes-vous si triste ? Car vous êtes triste... Je vois la tristesse derrière votre sourire, au fond de vos yeux... Vous n'avez plus de raison d'être triste, puisque vous savez maintenant que je suis prêt à tout pour rendre votre mère et vous-même heureuses.

Elle répliqua, amère :

— Oh ! vous n'avez pas à vous soucier de mon avenir ! Maman l'a réglé... Je me marie dans deux mois.

— Vous ! Mais, ne vous en déplaise, vous n'êtes encore qu'une petite fille !

— Ce n'est pas l'avis de maman, ni celui de la cousine Valentine...

Ferdinand balaya l'air d'un grand geste de la main.

— Ne me dites pas que l'on veut vous faire épouser Pierre Parmelaud !...

— Mais si.

— Eh bien, je ne le permettrai pas, Marguerite ! Vous n'épouserez pas ce... ce coureur de dot, je vous le promets !

— C'est bien mon intention. Merci d'être de mon côté.

— D'ailleurs, je suis tranquille sur ce point... Votre mère ne peut vous marier sans en aviser votre oncle Sauviernes et je doute qu'il approuve ce mariage. Vous voyez, Marguerite, vous n'avez plus aucune raison d'être triste. Tout va s'arranger.

— C'est vrai, je suis triste, parce que maman ne veut pas m'écouter quand je lui dis que je n'aime pas Pierre. Mais je suis en colère surtout parce qu'elle se laisse « manœuvrer » par la cousine Valentine sans se rendre compte que celle-ci vise seulement l'héritage de grand-père. Elle est comme le corbeau de la fable ; il suffit d'un flatteur pour que ses yeux se ferment sur les raisons profondes qui le guident. Il n'y a rien de plus navrant qu'un mariage d'intérêts ! Je ne veux pas m'y laisser enfermer...

Que de clairvoyance il y avait en cette petite fille ! Que de volonté on sentait vibrer en elle ! Ferdinand approuva d'un hochement de tête.

— Vous avez raison, Marguerite. Ne vous mariez que par amour. Pour être heureux, il faut aimer et être aimé.

Ferdinand était payé pour le savoir. Chaque jour, durant quinze ans, il avait regretté amèrement de s'être laissé influencer par sa famille, d'avoir cédé à leurs mauvaises raisons. Mais ce temps-là était fini et bien fini : il avait choisi l'amour.

Brusquement, d'une manière inattendue, Marguerite se redressa d'un bond. Elle jeta en l'air ses coquelicots, les rattrapa au vol, en riant aux éclats.

— Vous voilà soudain bien joyeuse, Marguerite ! Puis-je partager votre gaieté ?

Marguerite reprit son souffle.

— Je songeais au bon tour que je vais jouer aux cousins Parmelaud.

— Puis-je être dans le secret ?

— Non ! non ! Mais je vous promets que vous rirez à votre tour bientôt.

— N'est-il pas temps de rentrer ? reprit Ferdi-

nand après un instant de silence. Je vous rac-
compagne.

— Je veux bien, mais à la condition que vous
me laissiez au bout de la rue et que vous ne vous
présentiez pas devant maman.

— Pourquoi me priver du plaisir de voir votre
mère ?

— C'est mon caprice.

Ferdinand s'inclina :

— Bien ! Je m'y soumets !

Marguerite, très vite, comme en passant, mit
un baiser léger sur la joue de son futur beau-père
et s'envola comme un moineau pressé, laissant
Ferdinand heureux d'avoir fait sa conquête.

Marguerite n'était pas décidée à réintégrer le
salon. Il était encore trop tôt. Le soleil, le ciel
bleu, l'invitaient à poursuivre sa flânerie.

Regagner la maison sans être vue, sortir discrètement sa bicyclette du garage, quitter la ville et
pédaler sur les chemins campagnards qui musar-
daient le long de la rivière fut vite fait.

Maintenant, Marguerite pédalait joyeusement, le cœur délivré de ce qu'elle n'aimait pas. Soudain, elle aperçut le vieux car qui, partant de Montreveil, faisait étape dans une quinzaine de villages. Il ferait halte à Saint-Prix. Alors Marguerite prit sa décision : elle allait se rendre à *la Roncière*.

Jetant sa bicyclette sur le bas-côté de la route, elle fit signe au conducteur. Celui-ci stoppa et elle monta.

Il y avait bien longtemps qu'elle ne s'était sentie aussi heureuse.

Printemps ! O printemps merveilleux ! Grisant printemps ! Lumineux ciel bleu ! Soleil aux chaudes caresses ! Rivière aux eaux claires ! Brise musardeuse à l'haleine tiède ! Chants d'oiseaux ! Murmures confidentiels des feuilles !

Marguerite buvait tout cela, en longues gorgées qui lui tournaient la tête ! Quelle joie de ne plus avoir Pierre dans son sillage, de ne plus le traîner comme une ombre pesante !

Personne ne s'attendait au bon tour ! Elle se réjouit à l'idée de la déconvenue qu'allait connaître

Pierre, à la mine dépitée de la cousine Valentine, qui avait une façon si comique de pincer les lèvres lorsqu'elle était mécontente.

Et pour être mécontente, elle serait mécontente.

Marguerite laissa derrière elle Saint-Prix. Encore quelques kilomètres — comme ils allaient lui paraître longs ! — et ce serait *la Roncière*.

Maintenant, *la Roncière* était toute proche. Marguerite en était toute frissonnante. Elle entendait déjà le grand-père s'étonner, puis se réjouir. Il aurait un rire de contentement, rirait encore plus fort du mauvais tour que l'on allait jouer aux cousins Parmelaud. L'oncle Charles grognerait certainement contre Lucie. La tante Marthe la prendrait dans ses bras et la câlinerait. Et Jacques... Mais Jacques ne serait sûrement pas à *la Roncière*... La joie de la jeune fille fut un peu assombrie.

Avant d'entrer à *la Roncière*, Marguerite voulait secouer la poussière de la ville qui collait encore à son âme et apparaître à tous chargés des odeurs de la campagne. Pour cela, abandonnant le chemin creux, elle pénétra dans le bois de châtaigniers où régnait une fraîcheur agréable qui la détendit.

Marguerite ouvrit la bouche et aspira goulûment les senteurs sylvestres, un peu âcres et poivrées, auxquelles se mêlait le parfum des jacinthes sauvages. Il y en avait tout un tapis mauve et bleu dans une clairière. Elle en cueillit pour sa tante, fit un énorme bouquet. Des brins de fougère s'accrochaient à sa jupe, des fils de la Vierge parse-

maient sa chevelure. Ses mains, ses bras, son visage,
s'imprégnaient doucement du parfum des fleurs,
peu à peu de l'odeur des bois.

Soudain, Marguerite s'arrêta. Un chien aboyait.
Une voix d'homme, jeune, sonore, chaleureuse,
douce et vibrante tout à la fois, excitait joyeusement l'animal.

Le cœur de la vagabonde se mit à battre très
vite, très fort. Elle s'avança de quelques pas et
aperçut le chien et son maître qui jouaient sur le
bord d'un petit étang. La bête était un bas-rouge,
semblable au vieux Pirate de son enfance, mais tout
jeune. (Il n'avait sûrement pas deux ans.) Quant au
maître...

— Jacques ! cria-t-elle.

Surpris, Jacques cessa de taquiner le chien qui
tomba en arrêt, puis fila comme une flèche en direc-
tion de l'endroit d'où était parti l'appel, donnant
furieusement de la voix. Une intruse s'était intro-
duite dans le domaine et il s'élançait pour l'en
chasser.

— Jacques !

Cette fois, l'appel était pressant et il s'y mêlait
de la frayeur. Il est vrai que Sosie malgré son jeune
âge était impressionnant de puissance. Sans se
demander qui pouvait bien l'appeler par son nom
qui ne fût pas connu de Sosie, Jacques se lança au
secours de l'inconnue, qui ne courait d'ailleurs
aucun danger. (Le chien se contentait d'aboyer et
n'attaquait jamais sans ordre.)

Jacques s'arrêta à quelques pas de la plus gracieuse créature qu'il lui eût été donné de voir. Une
fée ? une nymphe ?

Adossée à un arbre, tout de blanc vêtue, fra-

gile comme ces vapeurs qui, au lever du jour, s'élè-
vent de la terre pour se dissoudre dans l'air sous
toutes sortes de formes, elle tremblait devant Sosie
qui menait autour d'elle une sarabande effrénée.
Jacques ne voyait pas son visage, elle l'avait enfoui
dans un bouquet de jacinthes sauvages. Ses cheveux, échappés au ruban qui les retenait, s'épan-
daient en une masse opulente qui atteignait la taille.

Ils avaient en eux tous les tons chauds de l'automne. Cette chevelure, Jacques l'aurait reconnue
entre mille.

— Marguerite !

Marguerite écarta lentement le bouquet de son
visage et les fleurs s'égrenèrent une à une de ses
doigts. Jacques éprouva un choc au cœur. Seigneur !
comme elle était jolie ! Il n'était pas possible que
la petite Marguerite farouche et rebelle dont il
gardait le souvenir se fût transformée à ce point !
Et pourtant !

— Marguerite ! répéta-t-il, stupéfait.

Sosie avait cessé d'aboyer, mais n'en poursui-
vait pas moins sa danse, et Marguerite n'était qu'à
demi rassurée. Elle tourna vers son cousin son
visage frémissant où il retrouva toutes les expres-
sions d'autrefois, lorsqu'elle était au bord de la
colère.

— Je suis bien Marguerite ! répliqua-t-elle. Ne
dirait-on pas, à te voir, que je suis un fantôme ?

Elle le regardait hardiment et parlait d'un ton
vif et impérieux qui aurait surpris les cousins Parmelaud mais auquel Jacques était habitué. A *la
Roncière*, Marguerite cessait d'être une petite fille
modèle et retrouvait toute l'autorité de son caractère volontaire.

— Ah ça, mais que fais-tu ici ?

— Je te l'expliquerai quand tu auras rappelé ce monstre déchaîné.

— Sosie n'est pas un monstre déchaîné ! C'est un brave chien de garde qui fait son métier. Ce n'est pas sa faute s'il ne te connaît pas. Va, il ne te mangera pas ! Tu n'as pas à en avoir peur...

Marguerite redressa la tête d'un mouvement brusque tandis qu'une lueur de colère allumait son regard d'un feu plus ardent et que ses yeux viraient au vert. Elle était furieuse de voir que Jacques avait décelé sa frayeur.

— Je n'en ai pas peur ! cria-t-elle. Mais il m'agace à tourner autour de moi.

Jacques se mit à rire.

— Tu as toujours ton doux caractère, fit-il remarquer. Ici, mon chien ! Marguerite n'apprécie pas ton accueil. Sois sage, sinon elle est capable de nous mordre !... Je constate que tu n'as guère changé, Margotte...

Le diminutif détesté que lui avait donné Céline acheva de la mettre en colère.

— Toi non plus, tu n'as pas changé ! Tu es toujours aussi bête !

Et, d'un geste rapide, Marguerite jeta ce qu'il lui restait de jacinthes au visage de son cousin. Jacques détacha une fleur qui s'était accrochée à ses cheveux et la glissa entre ses lèvres.

— Heureusement que ce n'était pas des pierres ! dit-il. Tu vois, j'ai eu raison : tu n'as vraiment pas changé, ma pauvre petite. Ton premier geste d'aujourd'hui est pareil au dernier que tu as eu envers moi, la dernière fois que nous nous sommes vus et dont je garderai toujours le souvenir tangible.

Il passa un doigt sur sa cicatrice. La colère de
Marguerite tomba aussitôt. Elle courut se jeter dans
ses bras.

— O Jacques ! s'écria-t-elle d'une voix chavirée. Mon Jacques ! Ce n'est pas possible, je ne
t'ai pas fait si mal !

— Mais si ! J'ai eu mal à la tête pendant
quinze jours. (C'était faux...) Constate par toi-
même ton œuvre.

Il lui prit la main et la posa entre ses yeux.
Sous ses doigts, Marguerite sentit que la cicatrice
était plus profonde qu'elle l'avait pensé. Mais au
lieu de la désoler, cela gonfla de nouveau sa colère.
Elle repoussa son compagnon.

— C'est bien fait pour toi ! s'écria-t-elle. Tu
n'avais pas à embrasser Céline de cette façon ! Tu
devrais avoir honte et me demander pardon.

Jacques eut un haut-le-corps et demeura stupéfait. Comment osait-elle le mettre en tort ! Cela
dépassait tout ce que l'on pouvait imaginer. Elle
avait failli défigurer Céline, manqué de peu de le
rendre borgne, et elle avait le front de prétendre
que...

— Ça alors, elle est forte ! C'est toi qui me
maltraites et c'est moi qui dois t'en demander pardon ! A-t-on jamais vu un pareil toupet !

Marguerite frappa du pied, secouant ses cheveux comme une pouliche rétive aurait secoué sa
crinière.

— Tu n'avais pas à embrasser Céline de cette
façon ! répéta-t-elle d'une voix aiguë.

Au fond, Jacques s'amusait de la voir en colère
comme autrefois. Il la retrouvait telle qu'il l'ai-

mait : une furie, mais qui savait être douce comme
le miel. Elle avait pourtant changé, physiquement.
Elle était encore plus jolie avec ses yeux d'un
vert houleux et sa chevelure qui fouettait l'air. Elle
évoquait ainsi la mer et le vent.

— Mais les filles sont faites pour être embras-
sées de cette manière, répliqua-t-il tranquillement.

Marguerite cessa de s'agiter et demeura un instant les yeux baissés. Puis, les relevant brusquement, elle planta un regard provocant dans celui
de son cousin.

— Eh bien, embrasse-moi ainsi !

Elle fit deux pas vers lui, les lèvres entrouvertes.
Un fruit appétissant dans lequel il serait agréable de
mordre. Mais, quoique curieusement troublé, Jacques eut un mouvement de recul. La pensée d'embrasser Marguerite autrement qu'en sœur n'avait
jamais effleuré son esprit.

— Marguerite ! Tu es... tu es... ma sœur.

— Mais non, je ne suis pas ta sœur !

— Tu es ma cousine, ce qui revient au même.

Marguerite secoua violemment la tête.

— Je suis une cousine très éloignée...

Jacques se sentait terriblement mal à l'aise. Le
doux velouté qu'il devinait sur les lèvres rouges,
éclatées comme une cerise trop mûre, le boulever-
sait comme jamais il ne l'avait été devant les lèvres
de Céline. Marguerite percevait ce trouble et en
éprouvait une joie presque impossible à supporter
et qui la transportait au cœur même du bonheur.
Sans rien connaître de l'amour, elle savait que ce
qu'elle ressentait était l'Amour.

— Grand-père et grand-mère Blanche étaient
aussi cousins et ils se sont mariés.

— Toi et moi, ce n'est pas la même chose.

— Et pourquoi donc ?

Jacques ne savait plus très bien où il en était.

— Parce que... tu n'es pas une fille ! s'écria-t-il.

Marguerite resserra ses lèvres et respira plus vite.

— Ah non ? Que suis-je alors ?

Jacques se réfugia dans le dédain :

— Une gamine insupportable.

De nouveau, les yeux de la jeune fille flamboyèrent.

— Une gamine ! Vraiment ? Apprenez donc, monsieur Jacques Sauviernes, vous qui êtes un homme, que la « gamine » doit se marier dans deux mois.

Jacques éclata d'un rire sonore et joyeux tant la chose lui parut comique. Marguerite ! La petite Marguerite ! Margotte mariée !

— Et tu t'imagines que je vais avaler cette couleuvre ? Elle est un peu grosse pour passer.

Marguerite prit son air le plus digne.

— Que tu me croies ou non, c'est ainsi ! Je suis venue l'annoncer à grand-père. Dans deux mois, je serai madame Pierre Parmelaud.

Jacques la regarda, incrédule. Marguerite semblait si sérieuse qu'il ne douta plus. Alors, avec une soudaineté qui le fit sursauter, il éprouva un serrement de cœur qui lui fit mal.

Quoi ! cette adorable jeune fille serait mariée dans deux mois ? Il ne parvenait pas à en admettre l'idée.

Et d'abord, qui était ce Pierre Parmelaud dont il n'avait jamais entendu parler ?

— Pierre, le garçon le plus charmant qui soit, est un futur notaire. Je ne connais personne ayant plus de qualités.

— Et tu l'aimes ?

Marguerite avait eu beau tendre l'oreille, elle n'avait pas saisi la plus petite émotion dans la voix calme de son cousin. Elle aurait cependant aimé qu'il fût jaloux afin de la disputer de toutes ses forces, non à Pierre, puisque de toute façon elle ne voulait pas de lui, mais à l'idée qu'elle pût être sa femme. Mais non, il était là qui la regardait sans broncher.

Marguerite avait grande envie de pleurer. Elle avait tant espéré qu'il protesterait, tempêterait contre ce mariage ! Mais non, le premier instant de surprise passé, il demeurait indifférent.

— Naturellement, je l'aime ! Crois-tu que je l'épouserais si je ne l'aimais pas ?

Jacques éclata de rire.

— Grand bien lui fasse ! s'écria-t-il. Je lui souhaite beaucoup de bonheur ! Epouser une peste telle que toi ! Le pauvre garçon ! J'espère toutefois qu'il saura te dresser.

Devant le résultat contraire de ce qu'elle avait escompté, Marguerite eut l'impression de recevoir un coup de poing en plein cœur. Ses yeux s'ouvrirent tout grands et un flot de larmes les déborda. Elle se laissa choir dans la mousse, éclatant en sanglots.

Jacques fit la grimace. S'il aimait voir Marguerite en colère, il détestait qu'elle pleurât car il était désarmé par ses larmes.

— Allons bon ! bougonna-t-il. Voilà maintenant que tu te vexes pour une simple plaisanterie !

Pleurer pour si peu n'en vaut vraiment pas la peine,
Marguerite ! Je ne l'ai pas dit méchamment. Ma
pauvre Margotte, tu n'as décidément pas le sens de
l'humour. C'est bon ! Je te demande pardon... Je
ne peux pas faire mieux.

Mais Marguerite sanglotait de plus belle et
Jacques comprit que sa cousine pleurait pour une
autre raison. Il s'agenouilla près d'elle et mit la
main sur son épaule. Elle se redressa et se jeta
contre sa poitrine.

— O Jacques ! Jacques ! murmura-t-elle dans
un hoquet en écrasant son visage contre sa chemise. Si tu savais comme je suis malheureuse !

Jacques avait laissé sa cousine pleurer jusqu'à
l'épuisement de ses larmes. Maintenant, non pas
encore calmée mais ne pleurant plus, Marguerite
demeurait blottie entre ses bras, si serrée contre lui
qu'il était inondé de sa chaleur. Une chaleur brû-
lante, certainement fiévreuse, comme cela lui arrivait parfois lorsqu'elle était contrariée. Le jeune
homme la berçait avec une douceur inconsciemment tendre, le visage enfoui dans ses cheveux
qui sentaient bon l'odeur du bois.

Couché à quelques pas de là, le museau entre
ses grosses pattes, les yeux mi-clos, Sosie les observait. Et dans sa tête de chien intelligent, l'image
d'une nouvelle maîtresse prenait forme.

Une paix infinie se glissait à travers les sous-
bois déjà assombris par la venue du crépuscule.
L'air se teintait de bleu, de rose, de mauve, et les
senteurs se faisaient plus pénétrantes, enveloppant

Marguerite et Jacques dans une sorte d'ivresse qui les engourdissait.

Ils restèrent longtemps ainsi. Puis Marguerite eut un dernier sanglot. Jacques l'écarta légèrement de lui sans pour autant desserrer l'étreinte de ses bras autour du petit corps frissonnant.

— C'est fini, mon chaton ? demanda-t-il avec inquiétude. Tu ne pleures plus ?

Elle secoua la tête.

— Et tu ne recommenceras pas ?

— Non.

— C'est promis ?

— Oui.

— Pas même en me racontant pourquoi tu es malheureuse ?

— Non, assura-t-elle d'une voix encore fléchissante. (Comme elle se sentait bien dans le berceau de ses bras, elle ajouta :) Non, si tu me gardes contre toi.

Il la ramena sur sa poitrine. Marguerite eut un long soupir de bien-être. Elle était heureuse et se jura que personne ne lui prendrait son Jacques. Il serait à elle. A elle seule. Déjà il lui appartenait. Et d'ailleurs, il lui avait toujours appartenu.

— O Jacques, si tu savais ! Je le déteste...

Marguerite frissonna. Son bonheur augmenta, car elle entendit battre plus fort le cœur de Jacques.

— Qui ? demanda-t-il d'un ton qu'il voulait indifférent.

— Pierre Parmelaud, bien sûr.

Soulagé d'un gros poids, Jacques se mit à rire.

— Tiens ! Je croyais que tu devais l'épouser et que tu l'adorais ? Malicieuse, va ! Je savais bien que tu n'étais qu'une gamine !

Marguerite eut un nouveau sanglot. Un peu forcé celui-là. Si elle avait tant pleuré tout à l'heure, ce n'était pas à cause de Pierre Parmelaud, dont elle savait pouvoir se défaire facilement, mais de l'indifférence de Jacques qu'elle devinait étudiée. Mais elle n'allait pas lui découvrir ses batteries immédiatement : elle voulait se faire plaindre par lui, se faire dorloter.

— Ne plaisante pas, Jacques, je t'en prie ! Je n'ai pas le cœur à rire. Je me suis sauvée de chez maman.

Marguerite disait « chez maman » car son véritable foyer, ce n'était pas la maison de Montreveil, mais *la Roncière*.

— Sauvée !

— Oui. Sauvée. Maman ignore où je suis.

— Mais pourquoi ?

— Mais tu ne comprends donc rien, mon pauvre Jacques !

— Ce mariage, c'est vrai ?

Marguerite soupira de son incompréhension.

— Oui, fit-elle avec une pointe d'agacement. C'est maman qui le veut. Elle l'a décidé sans même me consulter. Moi, j'en déteste jusqu'à l'idée.

Il la pressa plus fort contre lui afin de lui prouver qu'il était là, que les autres étaient là aussi, pour la protéger.

— Mon pauvre chatounet ! Va, ne t'inquiète pas : si tu ne veux pas de ce mariage, grand-père ne le permettra pas. Et moi non plus ! Si besoin était, j'irais casser les reins à ce Parmelaud... Raconte-moi toutes les misères qu'on t'a faites, ma minette.

D'une toute petite voix plaintive, Marguerite

expliqua les raisons de sa fuite, noircissant Pierre à plaisir et plus encore la mère de celui-ci. Au fur et à mesure de ses explications, elle sentait la colère de Jacques augmenter...

— Ta mère n'a pas de cœur ! s'écria-t-il lorsqu'elle se fut tue. C'est une égoïste ! Grand-père lui dira son fait, je pense ! Et s'il ne le fait pas, je le ferai moi-même.

Marguerite, tout à fait consolée, eut un sourire qui s'empara de chacun de ses traits et ensoleilla son visage.

— Tu m'aimes donc un peu ? fit-elle.

— Bien sûr. Tu es la plus agressive des chattes, mais je t'aime bien.

Marguerite souriait toujours.

— Tu m'aimes grand comment ? demanda-t-elle en reprenant les mots de son enfance.

— Comme un océan.

— Ce n'est pas assez grand.

— Alors, comme le monde.

Marguerite s'écarta brusquement de Jacques, l'observa quelques secondes et déclara, impérieuse :

— Le monde est trop petit, je veux que tu m'aimes grand comme l'univers.

— Holà ! doucement, ma belle ! s'écria Jacques. C'est trop demander. Cet amour-là, je le réserve pour celle qui sera ma femme.

Marguerite roula sur elle-même pour se retrouver aux pieds de son cousin. Elle leva vers lui des yeux qui avaient repris leur teinte perse, aux profondeurs mystérieuses qui, parfois, devenaient insondables comme le plus profond des océans et dans lesquelles il était alors impossible de lire.

— Mais je serai ta femme, Jacques ! murmura-t-elle avec une désarmante assurance.

Jacques se remit à rire. Mais son rire sonnait moins clair. Il y avait en lui une émotion, un trouble qu'il ne parvenait pas à cacher.

— Toi ? Tu t'imagines vraiment que je m'embarrasserais d'une gamine qui risquerait à tout moment de me rendre borgne ? Grand merci ! Je préférerais vivre et mourir solitaire.

— Peut-être préférerais-tu épouser Céline ? dit-elle insidieusement.

Jacques ricana.

— Tu n'en dormirais plus !

— Et toi, tu le regretterais au bout de huit jours, car je ne serai pas toujours une gamine et je serai cent fois plus jolie qu'elle. Mais épouse-la, mon garçon, épouse-la ! Elle augmentera ainsi d'une bête le cheptel de grand-père...

Jacques fronça les sourcils.

— Oh ! tu es une petite peste ! Céline n'est pas sotte.

Marguerite se mit à rire joyeusement.

— Une petite peste qui sera ta femme, chantonna-t-elle.

De nouveau, Jacques se sentit troublé. Puis, soudain, ne voulant pas céder à cet émoi, il se rejeta hors du cercle magique, refusant un amour qui l'enchaînerait. Il tenait à garder son cœur libre. Libre comme le vent qui gonflerait, à la fin de l'été ou au début de l'automne, la voile de son bateau. Son cœur appartenait à l'Aventure. Il était parvenu à s'échapper de l'emprise du souvenir de Céline, il n'allait tout de même pas se laisser prendre dans les filets de cette petite fille impérieuse.

— C'est à voir, répliqua-t-il d'un ton vif.

Marguerite coula vers lui un regard de possession.

— Mais c'est tout vu, mon Jacquot, répondit-elle, douce comme le miel où s'englue le papillon. Tu auras beau faire et beau dire, tu ne m'échapperas pas. Avant la fin de l'automne nous serons mariés.

— Tu crois ça, mon bébé !

— J'en suis sûre.

— Avant la fin de l'automne, ma chère enfant, je serai en plein océan Indien avec mon ami Guillaume, et tu ne seras pas même un souvenir.

Elle eut un sourire de coin.

— Ah oui ! ce fameux voyage dont tante Marthe parlait dans ses lettres ! Paries-tu que tu ne le feras pas ?

— Je ne parie pas.

— Tu n'es pas sûr de gagner ?

— Je ne veux pas te décevoir...

Marguerite réunit les moins fanées des jacinthes pour les offrir à sa tante et releva les yeux vers Jacques.

— Parions tout de même ?

Jacques se laissa tenter.

— Quel enjeu ? A toi de choisir. Mais tu as déjà perdu.

Marguerite réfléchit un instant, puis sourit.

— La date de notre mariage.

Jacques eut un recul.

— Pourquoi plaisanter ainsi ?

— Je ne plaisante pas, Jacques. Je suis très sérieuse, au contraire. Je choisis la Saint-Michel.

Jacques leva les épaules.

— C'est stupide.

D'autant plus stupide que Guillaume serait à peine remis et peut-être encore incapable de prendre la mer. Quelle idée d'avoir parié !

Baste ! on ne se marie pas à la suite d'un pari ! Marguerite plaisantait. Il lui offrirait une babiole et le tour serait joué.

— Nous verrons bien ! répliqua-t-elle. On rentre ?

Il lui tendit la main pour l'aider à se relever. Marguerite passa ses bras autour du cou de Jacques et s'y suspendit. Il était si grand qu'elle ne touchait plus terre.

— Porte-moi ! ordonna-t-elle.

— Tu peux bien marcher, paresseuse !

Jacques essaya en vain de se détacher des bras de Marguerite dont les doigts semblaient soudés entre eux.

Bien entendu, Marguerite eut gain de cause. Comme elle l'avait toujours eu.

Ils quittèrent la châtaigneraie par le petit chemin qui enjambait, à l'aide d'un pont rustique de pierres moussues, le ruisseau.

Marguerite, bien serrée contre Jacques, se pénétrait du paysage qu'elle aimait. En apercevant *la Roncière* au bout de l'allée, elle soupira et murmura :

— Ma maison ! Je ne veux plus la quitter ! Jamais !

Une jeune fille brune, vêtue de rose, qui en les voyant se met à courir et que Sosie accueille comme une amie. Une intruse.

Geneviève Marange était une agréable jeune fille de vingt ans. Un charme discret émanait de toute sa personne. Ses mousseux cheveux bruns encadraient en courtes boucles son visage au teint mat, à la peau d'une douceur satinée. Sans être véritablement belle, elle possédait des traits délicats et réguliers, une bouche sensible, des yeux mordorés aux fines paupières frangées de longs cils presque noirs. Chacun de ses gestes était harmonieux, sans nulle affectation. Deux mots suffisaient pour la définir : simplicité, calme.

En son for intérieur, et avec la plus parfaite mauvaise foi, Marguerite la jugea antipathique.

— Qui est celle-là ? demanda-t-elle.

— Mademoiselle Marange est l'invitée de *la Roncière* et je te prie d'être aimable avec elle.

Marguerite eut un sourire crispé.

— Compte sur moi ! marmonna-t-elle.

Geneviève Marange venait d'arriver près d'eux. Elle posait sur Marguerite un regard amical.

— Elle est blessée ? Voulez-vous que je vous aide ?

Jacques éclata de rire.

— Blessée ! Pensez-vous, Geneviève ! Ça courrait comme un lapin si ça n'était pas paresseux comme une couleuvre. Aïe ! (Marguerite venait de lui mordre l'oreille.) Et en plus, ça a le caractère ombrageux d'un sanglier, c'est têtu comme une mule et ça mord comme une tigresse.

Les yeux de Marguerite étincelaient de fureur.

— Et toi, tu... tu es..., tu es...

Elle ne trouvait aucune comparaison pour le fustiger, ce qui augmentait sa colère.

— En un mot, Geneviève, acheva tranquillement Jacques, je vous présente Marguerite, ma petite-cousine.

Geneviève Marange sourit gentiment.

— Votre présentation n'est pas bonne, Jacques, dit-elle. Vous auriez dû dire qu'elle a la grâce d'une bergeronnette, la vivacité d'un cabri, et surtout les plus beaux yeux du monde même lorsqu'elle est en colère. Je suis très heureuse de vous connaître enfin, Marguerite ! J'ai si souvent entendu parler de vous ! J'espère que nous serons amies...

« Elle cherche à m'amadouer, se dit Marguerite en s'agitant comme un ver de terre entre les bras de Jacques. Pour mieux me le prendre ! Mais ça ne prend pas ! Elle ne m'apprivoisera pas avec le miel de ses paroles. Je vais lui mener la vie si dur qu'elle ne tiendra pas trois jours. »

— Pose-moi à terre ! ordonna-t-elle.

Jacques ne se le fit pas répéter. Si légère qu'elle fût, elle commençait à lui peser. Sans un mot, sans un regard pour Geneviève Marange, Marguerite fila comme une flèche vers la maison.

— C'est tout Marguerite ! commenta-t-il. Une tempête, un ouragan qui bouscule tout sur son passage. Elle aurait pu vous dire un mot gentil !... Je suis désolé, Geneviève, et je m'excuse pour elle.

— Ne soyez pas désolé, Jacques, et ne vous excusez pas, répliqua Geneviève. Marguerite et moi deviendrons des amies, j'en suis sûre. Ce soir, ou demain.

— Ne vous faites pas d'illusions sur elle, c'est une sauvageonne. Je pensais que la ville l'aurait policée, mais il n'en est rien.

— Votre cousine a été déçue de voir son cercle familial brisé par la présence d'une inconnue, fit remarquer Geneviève Marange. (Elle ajouta en souriant :) D'ailleurs, vous êtes quelque peu responsable de son attitude...

— Moi ? Vous me la baillez belle.

— Marguerite est une jeune fille, Jacques, mais vous l'avez traitée comme une gamine. Vous avez été maladroit. Sans doute aurais-je réagi comme elle...

Jacques leva les yeux vers le ciel comme pour le prendre à témoin, soupira.

— Et voilà ! C'est ma faute si Marguerite se transforme en mégère ! Vous autres femmes, vous vous y entendez pour vous soutenir. Nous autres, pauvres hommes, nous serons toujours vos victimes.

Ils se mirent à rire.

— Allez donc demander l'appui de votre ami Guillaume, dit Geneviève. Il s'impatiente de votre absence. C'est lui qui m'envoyait à votre recherche. Où étiez-vous passé ?

— J'ai été pris d'une envie de vagabondage... et j'ai été flâner du côté de l'étang.

— C'était très mal d'abandonner vos amis sans mot dire.

— Pardonnez-moi.

Geneviève lui pardonnait d'autant plus volontiers qu'elle avait passé des minutes exquises en bavardant de tout et de rien avec Guillaume...

4

Guillaume Lagrange eut l'impression qu'un tourbillon pénétrait dans le salon. Mais ce n'était que Marguerite qui faisait son entrée.

Guillaume était allongé sur le canapé, entre la cheminée et la porte-fenêtre. Il était donc à contre-jour, si bien que Marguerite ne vit qu'une forme étendue, les jambes recouvertes d'un plaid. Sans réfléchir, avec sa spontanéité et sa fougue habituelles, elle s'élança avec un cri.

— Grand-père ! Tu es malade ? Et Jacques qui ne m'a rien dit ! L'indifférent !

Elle était déjà à genoux, la tête contre la poitrine de Guillaume, enchanté de cette masse de cheveux soyeux qui lui caressaient le visage. C'était agréable, mais il ne prolongea pas, à regret, le quiproquo.

— Suis-je donc si vieux d'apparence pour être appelé grand-père ?

Marguerite se redressa d'un bond à cette voix inconnue.

— Que faites-vous ici ? s'écria-t-elle. Qui êtes vous ?

Elle était rouge de confusion, et aussi de colère.

— Un petit coq en colère ! fit Guillaume en souriant. Pas de doute, vous êtes Marguerite !

Marguerite frappa du pied en secouant la tête. Qu'avaient donc ces deux garçons stupides à la comparer à un coq et à la prendre pour une gamine sans importance ?

— Parfaitement, je suis Marguerite ! Mais cela ne me dit pas qui vous êtes, vous.

Guillaume choisit de sourire de son plus aimable sourire afin de séduire, ou du moins de tenter de séduire, Marguerite.

C'était un garçon sympathique. Long comme un jour sans pain, presque aussi maigre qu'un vendredi saint. C'est ainsi qu'il se définissait lui-même. Des cheveux bruns, rebelles au peigne ; des yeux aussi bleus que les mers du Sud où il rêvait de naviguer ; un visage au teint basané comme celui d'un corsaire, aux traits un peu rudes, mais attirants.

— Je suis Guillaume Lagrange, l'ami de Jacques.

Il avait espéré apprivoiser Marguerite sur-le-champ et gagner son amitié, mais il allait être déçu...

Elle le toisa avec de la rancune au fond des yeux.

— Le Guillaume qui a mis ces folles idées d'aventures dans la tête de Jacques !

Hou ! La petite-cousine semblait aussi inabordable qu'un îlot rocheux bordé d'écueils !...

— Lui-même. Pour vous servir.

Marguerite rejeta, d'un mouvement vif et gracieux, ses cheveux qui lui cachaient la moitié du visage.

— Eh bien, vous auriez dû vous casser la
jambe ce jour-là !

Quelle sauvageonne ! Guillaume écarta le plaid,
découvrant sa jambe plâtrée.

— C'est fait, merci, dit-il. En tombant du
grand mât. J'ai même failli me tuer...

S'il comptait l'amadouer en éveillant sa pitié,
c'était encore manqué.

— Tant mieux ! Ça fera peut-être réfléchir
Jacques. A-t-on idée de franchir le cap Horn avec
une coque de noix !

Les réactions plutôt brutales de Marguerite
amusaient Guillaume, séduit par cette chevrette
farouche.

— Je regrette de ne pas m'être fendu le crâne
pour vous faire plaisir. Je tâcherai de faire mieux
la prochaine fois.

— Vous êtes stupide !

— Vous le dites avec une telle assurance, une
telle conviction, que ce doit être vrai.

Marguerite haussa les épaules.

— Cette Geneviève Marange, c'est votre fiancée ?

Guillaume eut envie de taquiner Marguerite.

— Non ! Je le regrette d'ailleurs, car c'est une
jeune fille bien élevée. Elle ne manque pas de qualités. Douce, intelligente, d'un commerce agréable.
La femme dont chaque homme rêve. L'idéal fémi-
nin. Hou ! quelle vilaine grimace vous faites, mon
enfant ! Ai-je dit quelque chose qui vous a déplu ?

Marguerite, qui ne songeait pas un instant à
maîtriser sa mauvaise humeur, attrapa un coussin et
le lança au visage de Guillaume, qui faillit s'étouffer de rire.

— Quelle cruelle petite diablesse vous faites, Marguerite ! Frapper un malheureux incapable de se défendre ! Jacques m'avait bien dit que vous aviez la main leste et juste.

— Eh bien, épousez-la, votre jeune fille bien élevée !

— Hélas ! je ne puis marcher sur les brisées de Jacques. C'est mon meilleur ami. Le voudrais-je que je ne le pourrais pas avec ce plâtre qui me cloue au sol ! Je ne puis les suivre dans leurs promenades, leurs chevauchées.

— Vous mentez ! s'écria Marguerite. Jacques ne peut s'être attaché à cette... à cette...

Elle aurait voulu trouver un mot flétrissant Geneviève Marange, mais elle n'en trouva pas, sans doute parce que Geneviève ne méritait aucune flétrissure.

— Adorable créature, cela semble vous contrarier !

Marguerite n'avait jamais été aussi malheureuse qu'en cet instant. Le cœur chaviré de chagrin, l'âme houleuse de colère, elle souhaitait détruire l'univers afin que Jacques et Geneviève fussent à jamais séparés, souhaitant disparaître également pour ne plus souffrir. C'était le chagrin qui lui donnait ces pensées. Mais la colère la poussait à commettre la folie d'épouser le cousin Pierre.

Eh bien, c'est exactement ce qu'elle allait faire ! Elle quitterait immédiatement *la Roncière* pour ne jamais plus revenir. Peut-être serait-elle heureuse malgré tout entre Valentine et Pierre ?

Elle s'élança vers la porte et se heurta à la tante Marthe.

— Marguerite ! s'écria Marthe Sauviernes.
Toi !

Cette fois, la tante Marthe, que rien ne prenait
au dépourvu d'habitude, était on ne peut plus surprise. Il est vrai qu'il y avait de quoi. Marguerite à
la Roncière après des semaines et des semaines de
silence ! Une Marguerite en pleurs, qui sanglotait
comme jamais.

— Ma chérie ! Qu'as-tu ?

— Tante Marthe ! Je suis si malheureuse ! Si
malheureuse ! J'étouffe de chagrin.

La tante Marthe s'alarma. Peut-être était-il
arrivé un accident à Lucie ?

— Là ! là ! mon trésor ! Calme-toi ! Tu es
toute fiévreuse. Dis-moi pourquoi ce chagrin.

— Si malheureuse, tante Marthe ! répéta Marguerite.

Et elle sanglotait à en perdre haleine contre
l'épaule de sa tante. Celle-ci connaissait bien ces
crises de larmes. Nerveuse, sensible à l'extrême, se
bouleversant d'un rien dès qu'elle ne se laissait
plus dominer par la colère, Marguerite y était
sujette depuis l'enfance, mais jamais elle n'avait
paru si bouleversée !

Marthe Sauviernes entraîna Marguerite à
l'étage, dans sa propre chambre, l'obligea à s'étendre. Elle s'assit à son chevet, écarta doucement les
longs cheveux et posa sa main fraîche sur le front
brûlant.

— Calme-toi, ma chérie, murmura-t-elle d'un
ton chargé de tendresse, de cette tendresse dont
Marguerite avait tant besoin et que sa mère ne
savait lui donner. Dis-moi, Lucie est-elle malade ?

Marguerite s'apaisa, se laissant glisser avec un soupir dans le bien-être que lui procurait la présence attentive de la mère de Jacques.

— Non, répondit-elle enfin. Maman va très bien.

— Pourquoi ne t'a-t-elle accompagnée ?

Marguerite soupira à fendre l'âme et la tante Marthe sentit que de nouveaux sanglots lui étaient à fleur de cœur.

— Maman ignore que je suis à *la Roncière*. Je me suis sauvée...

Marthe Sauviernes eut un léger sursaut.

— Sauvée ? Mais enfin, Marguerite, pourquoi ? Nous allons tout de suite appeler ta mère, qui doit être affolée, pour la rassurer.

Marguerite fit la moue.

— Je suis bien sûre qu'elle ne s'est pas encore aperçue de mon absence.

Marguerite ne se trompait pas. A cet instant même, Lucie, flanquée de l'inévitable cousine Valentine, frappait à la porte, fermée à clé, de la chambre de sa fille en appelant...

— Ouvre immédiatement, Marguerite ! Cesse de faire l'enfant ! Je sais que tu es là...

Et Valentine renchérissait :

— Ouvre-nous, chère petite ! Pierre est extrêmement malheureux. Il se demande ce qu'il a fait pour mériter un tel abandon. Le pauvre garçon t'aime tant !...

Tandis que les deux femmes tentaient de fléchir une Marguerite absente, Pierre Parmelaud se morfondait au salon, inquiet, non point de sa « fiancée », mais de son avenir.

— N'attendons pas qu'elle s'en rende compte !
dit Marthe Sauviernes.

— Je voudrais m'expliquer, avant.

— Je t'écoute.

— Je voudrais que grand-père et oncle Charles
soient présents.

— Ils sont à Saint-Prix et ne rentreront pas
avant une demi-heure au moins.

— Alors, j'attendrai.

— Tu n'es pas raisonnable, ma petite fille !

Marguerite se fit dolente.

— Je suis si malheureuse, si fatiguée... J'ai
très soif aussi, tante Marthe.

Marthe observait la jeune fille d'un air dubita-
tif. Marguerite avait été, par le passé, si souvent
malheureuse pour des futilités qu'elle n'était pas
très inquiète.

— Je crains que tu ne fasses un caprice une
fois de plus, ma petite fille, dit-elle.

— Oh non ! tante Marthe, je t'assure !... Cette
fois, c'est très sérieux !

Marthe Sauviernes sourit doucement.

— Une montagne qui se révélera n'être qu'une
taupinière... Je descends te chercher une tasse de
lait chaud.

— Sucré au miel, tante Marthe...

Marthe Sauviernes se mit à rire.

— Ta tristesse n'a pas chassé ta gourmandise,
petite chatte, fit-elle remarquer.

— Parce que j'ai confiance en vous trois !

Marthe se leva, mit un baiser sur le front de sa
petite-nièce et se dirigea vers la porte.

— Si tu as confiance en nous, ma chérie, plus
de larmes ! dit-elle avant de sortir. Promis ?

— Promis ! Revenez vite.

— Juste le temps de chauffer le lait.

Marguerite s'étira avec un soupir de bien-être et ferma les yeux, se laissant glisser dans une douce détente. Pendant quelques instants elle se sentit vraiment heureuse. Le baiser de la tante Marthe lui avait laissé une impression de fraîcheur qui la soulageait de la fièvre. Du moins en était-elle persuadée. Mais soudain, par la fenêtre ouverte, elle entendit un rire léger. Celui de Geneviève Marange, à n'en pas douter.

Oh ! cette... — comment l'appeler ? — mijaurée, venue elle ne savait d'où ! Cette intruse, cette intrigante ! Sans doute s'imaginait-elle déjà installée à *la Roncière* ! Elle se faisait des illusions. Jamais, non jamais elle ne serait Mme Jacques Sauviernes ! Elle y veillerait.

Mais si Jacques l'aimait, comme le prétendait ce rustre de Guillaume Lagrange ?

Marguerite se redressa, prête à se laisser de nouveau emporter par la colère, mais ce furent des larmes qui lui vinrent. Puis, aussi vite qu'elle s'était agitée, elle s'apaisa, essayant de raisonner calmement.

Ce n'était pas possible, Jacques ne pouvait pas aimer Geneviève Marange ! Elle rejetait cette éventualité avec d'autant plus de conviction qu'elle voulait se persuader que Jacques l'aimait mais qu'il l'ignorait. Elle saurait bien lui ouvrir les yeux ! En douceur ou de force...

« Jacques ! Jacques ! Tu seras toujours mon Jacques. »

Et Marguerite s'abandonna totalement au bien-être de *la Roncière*, songeant avec une lueur mali-cieuse au fond des yeux au bon tour qu'elle allait jouer aux Parmelaud.

Avec ses paupières à demi closes sur ses pru-nelles vertes, ses mines gourmandes, Marguerite faisait vraiment penser à un chaton buvant son lait. Philomène avait eu la bonne idée d'ajouter trois ou quatre biscuits de sa fabrication que la jeune vagabonde avait dégustés sans se faire prier.

— Jacques m'a expliqué succinctement les rai-sons de ta fugue, dit la tante Marthe. Voyons, ma toute petite, ce mariage, est-ce bien sérieux ? Lucie a-t-elle réellement l'intention de te marier ? Tu es si jeune encore. Une enfant !

Le mot qui habituellement la mettait en rage avait été prononcé si tendrement que, pour une fois, Marguerite ne s'en formalisa pas. Elle en sou-rit même.

— Mais oui, tante Marthe, on ne peut plus sérieux ! Pour tout le monde, je suis une enfant. Sauf pour maman qui sait bien que j'aurai dix-huit ans à la Saint-Martin.

Marthe Sauviernes sourit.

— C'est pourtant vrai ! Tu auras dix-huit ans à la Saint-Martin. Le temps a passé pour toi comme il a passé pour Jacques. Tu n'es plus la petite Mar-got ; tu es Marguerite, une jeune fille.

Marguerite se blottit contre Marthe Sauviernes.

— Je veux rester la petite Margot de *la Ron-cière*. Je ne veux pas être madame Pierre Parme-laud, notairesse.

— Rassure-toi, ma chérie. Si ce mariage ne te convient pas, il ne se fera pas. Grand-père a son mot à dire...

Le cœur de Marguerite battait une si grande allégresse qu'elle faillit en perdre le souffle.

— Tante Marthe, crois-tu que grand-père fera ce que je voudrai ?

— As-tu jamais vu grand-père vous refuser quelque chose, à toi ou à Jacques ? Surtout à toi. Tu es sa petite reine...

Le regard de Marguerite fondit de tendresse. Elle aimait André Sauviernes plus que tout. Plus encore qu'elle n'avait aimé son père. Et le vieil homme lui rendait son affection au centuple.

— Sa petite reine Margot... Même si cela lui paraît un peu déraisonnable ?

— Si cela te tient à cœur, il ne te le refusera pas. Crois-tu que le projet de notre Jacques ne lui semble pas déraisonnable ? Pourtant, il n'a rien dit pour l'en dissuader.

— Ce voyage te fait peur, n'est-ce pas ?

— Oui, ma chérie. Très peur. Mais sans doute ai-je tort. Jacques est très prudent et son ami plus encore.

— Ce qui, d'ailleurs, ne l'a pas empêché de se casser la jambe en tombant du grand mât.

Marthe Sauviernes frissonna.

— Chut ! N'en parle pas. J'en frémis chaque fois que je vois son plâtre.

— S'il t'impressionne, renvoie-le.

— Marguerite ! Ce que tu dis n'est pas gentil ! Le pauvre garçon n'a plus de famille. Le vois-tu seul ?

Marguerite secoua la tête.

— Evidemment non ! Mais rassure-toi, tante Marthe, notre Jacques ne partira pas. Je saurai le retenir.

Marthe Sauviernes laissa son regard s'attarder sur le charmant visage de Marguerite, en pensant à la remarque de son amie Suzanne Duverger : « un joli minois ». Saurait-elle, elle, retenir Jacques ?

Geneviève ! Marguerite !

Geneviève était une jeune fille parfaite, Marguerite un tourbillon. Laquelle ? Qu'importait si l'une ou l'autre retenait Jacques à *la Roncière* ?

Marguerite dressa l'oreille.

— J'entends la voiture de grand-père...

Et le tourbillon s'envola des bras de Marthe.

5

André Sauviernes eut l'impression qu'un grand cygne blanc déployait ses ailes dans l'escalier et volait vers lui. Il n'eut pas besoin de se demander quel était ce bel oiseau. Celui-ci jetait son cri :

— Grand-père !

Mais le vieil homme l'avait déjà reconnue, comme Charles et les chiens qui les accompagnaient.

— Ma petite reine Margot.

Déjà elle était dans ses bras. Comme c'était bon de les avoir de nouveau autour d'elle. Tous deux s'entre-dévoraient de baisers. L'une frottait son frais minois contre les côtes de la veste en velours. L'autre enfouissait son visage ridé dans les cheveux soyeux.

— Vilaine enfant oublieuse qui ne donnait pas de ses nouvelles ! grogna André Sauviernes.

— Pas oublieuse, grand-père, mais malheureuse ! Bien trop malheureuse pour réagir ! Mais c'est fini, à présent... J'ai jeté l'autre monde, celui de la ville, aux orties.

— Malheureuse ? lança André Sauviernes. Qui ose rendre malheureuse la petite reine Margot ?

Charles Sauviernes intervint :

— Un instant, père. J'aimerais un baiser de Margotte, moi aussi. Ne l'accaparez pas.

Et les chiens d'aboyer, réclamant à leur tour la caresse à laquelle ils eurent droit après que Marguerite se fut suspendue au cou de Charles Sauviernes.

André Sauviernes « récupéra » bien vite Marguerite.

— Malheureuse, la reine Margot ! Je vais de ce pas dire à Lucie ce que j'en pense.

— Vous avez le temps, grand-père. Maman ne m'accompagne pas. Elle ignore que je suis ici. Je... me suis sauvée.

— Sauvée ? Tu es donc malheureuse à ce point ? Allons nous réfugier dans la bibliothèque. Tu vas nous raconter cela. Charles, bats le rappel et rejoignez-nous tout de suite.

Le rappel ne fut pas long à battre...

Jacques apparaissait au seuil du salon.

— Quel remue-ménage ! fit-il. Elle n'est pas plus grosse qu'une mauviette, mais il faut qu'elle déplace quatre hommes et un caporal.

La tante Marthe descendait.

— Que se passe-t-il ? demanda-t-elle. Quel bruit ! Jacques, fais sortir les chiens. On ne s'entend plus.

— Table ronde dans la bibliothèque ! indiqua l'oncle Charles.

Il attendit la tante Marthe tandis que Jacques entraînait les trois épagneuls pour les enfermer dans le chenil.

Jacques revint au bout d'un moment.

— Pardonnez-moi, Geneviève, excuse-moi, mon vieux, si je vous abandonne, quelques instants seulement. Une réunion familiale m'appelle dans la bibliothèque. Comme vous vous en rendrez vite compte, Marguerite — la petite reine Margot, comme dit grand-père — fait la loi. A peine est-elle arrivée qu'elle doit avoir sa cour autour d'elle.

— Ne vous souciez pas de nous, Jacques, répliqua Geneviève.

— Mais oui, mon vieux, va ! dit Guillaume. Nous ne sommes pas en peine. Il semble que ce soit plutôt la petite-cousine qui le soit... Elle pleurait bien fort quand ta mère l'a emmenée...

— A tout à l'heure !

— C'est ça, à tout à l'heure !

Tandis que la porte se refermait sur Jacques, Guillaume laissa échapper un long soupir.

— Si vous préférez rester seul, Guillaume, il faut me le dire. Je comprendrais fort bien ce désir...

Guillaume eut un infime tressaillement et une légère rougeur marqua ses joues pâles.

— Mais non, Geneviève. Votre compagnie m'est agréable, je vous assure. Demeurez ! A moins que vous ne souhaitiez, vous, la solitude !

Oh non ! Geneviève ne préférait pas la solitude ! Bien au contraire, elle souhaitait la présence de Guillaume. Mais lui, désirait-il réellement sa compagnie ?

— J'avais cru comprendre à votre soupir...

— Ai-je vraiment soupiré ?

— Un gros soupir, qui m'a paru d'ennui.

De nouveau, Guillaume rougit.

— Je suis désolé de vous avoir donné l'im-

6

pression de m'ennuyer auprès de vous. Pardonnez-moi. J'ai espéré, toute la journée, aborder certaines questions techniques avec Jacques et à chaque fois il m'a échappé. Mais vous, Geneviève, ne me laissez pas, je vous en prie.

Avait-elle bien entendu ? Guillaume avait-il bien prononcé ces derniers mots avec une inflexion tendre dans la voix ? Ou avait-elle seulement cru l'entendre ? Et cette lueur adoucie dans le regard ? Etait-elle réalité ou illusion ?

Le cœur de Geneviève Marange se mit à battre un peu plus fort, un peu plus vite, sous l'afflux d'un fol espoir. Mais elle se trompait sûrement.

D'un mouvement aussi naturel que possible, Geneviève se détourna, se mettant hors de portée des yeux bleus afin de ne pas leur dévoiler son émotion...

— Je n'aime pas la solitude, dit Guillaume. Elle me fait peur. J'ai été si souvent seul, sans parents ni amis !... Et puis j'ai rencontré Jacques... C'est long, c'est dur les heures pour un enfant, un adolescent seul. Maintenant que j'ai un ami, je réclame sans cesse sa présence... Je deviens exigeant. Trop, sans doute.

Le livre que Geneviève venait de prendre sur un guéridon trembla légèrement entre ses doigts.

Illusion ! Ce n'était qu'une illusion ! Un simple reflet de ses désirs. Ce n'était pas d'elle, Geneviève, que Guillaume souhaitait la présence. Simplement, il désirait ne pas être seul. Cela lui faisait mal et son cœur soupirait en silence.

Lentement, elle se retourna.

— Voulez-vous que je vous lise quelques vers ?

demanda-t-elle d'une voix calme qui ne trahissait rien de l'émotion profonde qu'elle ressentait.

— Je préférerais, si cela ne vous ennuie pas, un peu de musique.

Geneviève sourit.

— Cela ne peut m'ennuyer, puisque j'aime la musique.

Elle se dirigea vers le piano, sous le regard attentif et surtout triste de Guillaume. Mais elle ne pouvait le voir puisqu'elle lui tournait le dos. Elle s'installa devant l'instrument, souleva le couvercle, posa ses mains sur le clavier, les laissant un instant immobiles. Puis elle joua.

Gaspard de la nuit ! Un des morceaux préférés de Jacques ! Les mains de Guillaume se crispèrent si violemment que les doigts en devinrent presque blancs.

Geneviève aimait la musique, comme Jacques. Elle jouait Ravel, compositeur de prédilection de Jacques (*). Elle aimait les chevaux, Jacques était un cavalier émérite. Elle était riche, Jacques avait de la fortune.

Chaque fois qu'il évoquait Geneviève, ses pensées le ramenaient aussitôt à Jacques.

Il n'y avait aucune jalousie dans le cœur de Guillaume, aucune amertume dans son âme. Seulement une grande tristesse. Celle d'un amour sans espoir.

Car Guillaume était sans espoir et ne luttait pas

(*) Compositeur français, Maurice Ravel (1875-1937) est considéré comme l'un des classiques de la musique française. Il est entre autres l'auteur de *Ma mère l'Oye*, de *l'Enfant et les sortilèges*, de *Boléro*, de *Daphnis et Cloé*, de *Jeux d'eau*.

pour conquérir le cœur de Geneviève. Il ne pouvait pas espérer puisqu'il n'avait rien à lui offrir que son amour et ses rêves. Tandis que Jacques...

Les yeux de Guillaume Lagrange, rivés sur le fin profil de la jeune fille, s'emplirent de larmes.

Comme elle était belle ! Quelle grâce ! Quelle douceur en elle ! Mais aussi, comme elle était indifférente à son égard ! C'était à lui en crever le cœur de souffrance !

A quoi pensait-elle en jouant ? A qui ? A Jacques, sans aucun doute. Cette lumière qui rayonnait sur son visage ne pouvait être que le reflet de son amour pour Jacques.

« Comme elle l'aime ! Comme je l'aime ! »

Quitter *la Roncière* ! Fuir cet impossible amour ! Bien entendu, c'était la sagesse même ! C'était en tout cas la meilleure solution.

Geneviève jouait machinalement, comme une mécanique bien réglée, sans âme. Son cœur, son esprit, n'étaient pas à la musique. Elle s'était détachée de *Gaspard de la nuit*, de Ravel, mais non pour rejoindre Jacques comme le croyait Guillaume. Si son visage s'animait d'une flamme ardente qui trompait le jeune homme, c'était parce qu'elle laissait son imagination battre la campagne. Son esprit vagabondait dans le rêve. Et dans son rêve il y avait Guillaume Lagrange.

Ainsi, ces deux-là, l'une par une pudeur trop grande, l'autre par des scrupules qui l'honoraient mais qui étaient poussés à l'extrême, au lieu de se rejoindre, s'éloignaient l'un de l'autre.

« Elle aime Jacques ! » Telle était la pensée mélancolique de Guillaume.

Il avait fermé les paupières pour dissimuler ses

larmes et Geneviève, qui posait à cet instant les yeux sur lui, songeait tristement : « Comme il paraît lointain et indifférent ! Son visage est froid comme la pierre. Il ne m'aime pas. »

Un malentendu ! Ce n'était qu'un simple malentendu ! Il aurait suffi de bien peu de chose pour le dissiper : qu'il rouvrît les yeux, qu'elle murmurât son nom.

Mais Guillaume laissa close la porte de ses pensées. Et Geneviève fit taire son cœur, cette fois encore. Le voile dont ils enveloppaient leurs sentiments ne se déchireraient pas ce jour-là.

Se déchirerait-il un jour ?

— Grand-père ! Je vous en prie ! Ne dites pas non !

André Sauviernes hocha plusieurs fois la tête, en se frottant lentement le menton. Quand il avait ce geste, c'était qu'il était hésitant.

En fait, l'affaire demandait qu'on y réfléchît. Non pas au sujet du mariage. Sur ce point, la cause était entendue. Marguerite n'en voulait pas, il ne se ferait pas. Il n'en n'allait pas de même pour le « bon tour » que la petite reine Margot souhaitait jouer aux Parmelaud.

Evidemment, de la façon dont Marguerite avait présenté la chose, tous les torts semblaient s'être amoncelés sur la tête de Valentine Parmelaud et celle de son digne rejeton. Mais Marguerite, partie prenante, était-elle objective ? On pouvait en douter.

— Les Parmelaud méritent une bonne leçon, assura Marguerite. N'est-ce pas, Jacques ? Tu es de mon avis ?...

Comme naguère dans leur enfance, Marguerite quêtait l'approbation de Jacques et son soutien.

Mais Jacques ne paraissait décidé à lui accorder ni l'une ni l'autre.

— Je ne peux pas avoir d'avis, Marguerite, dit-il. Je ne connais pas les Parmelaud. Imagine un peu que Pierre t'aime ! Quelle peine lui causerait ce que tu appelles si délicatement un « bon tour » !

Marguerite lança vers Jacques, qui n'en fut nullement impressionné, un regard flamboyant.

— Jacques a raison, ma petite Marguerite, dit la tante Marthe. Ce que tu veux faire n'est guère gentil. Si tu te trompais ? On prête souvent aux gens des sentiments médiocres qu'ils n'ont qu'en apparence.

Marguerite se leva d'un bond, toute crispée comme une chatte en colère.

— Très bien ! s'écria-t-elle d'une voix chavirée. Puisque vous m'abandonnez à mon triste sort, il ne me reste plus qu'à rentrer chez maman et à épouser le cousin Pierre !...

L'oncle Charles éclata d'un rire sonore, joyeux.

— Voyez-la monter sur ses grands chevaux ! Elle serait parfaite sur la scène de la Comédie-Française, dans le rôle d'Andromaque. Ou, mieux encore, dans celui d'Hermione, dont elle a la nature ardente et violente [*].

Le cœur houleux, Marguerite tapa du pied.

— Et en plus, vous vous moquez de moi !

Elle fondit en larmes, cherchant, d'un regard noyé, un refuge à son chagrin. (Un chagrin qui était avant tout la déception de voir son plan contre-

---

[*] Dans *Andromaque*, Racine fait d'Hermione une amoureuse jalouse.

carré.) Bien entendu, la tante Marthe lui tendit les
bras et elle courut s'y réfugier.

— Ce n'est pas sans raison que nous nous
moquons de toi, grogna André Sauviernes. A-t-on
idée de se mettre dans des états pareils pour si peu
de chose !

— Si peu de chose ! Un mariage abhorré !

Le mot fit sourire jusqu'à Marthe Sauviernes...

— Ai-je dit que j'approuvais ce mariage ? Ce
qui ne me convient guère, c'est ton projet de refus.
En admettant que Valentine et Pierre soient sincères...

— Ils ne le sont pas.

— Je ne veux point risquer de les blesser uniquement pour te faire plaisir, Marguerite. Tu peux
tout de même m'accorder huit jours ?... Le temps
d'obtenir quelques renseignements qui nous per-
mettront de juger, toi et moi, objectivement des
deux personnes. Puis, lorsque nous serons certains,
tous les cinq, de ne pas nous tromper dans notre
jugement, nous agirons en conséquence. Es-tu
d'accord ?

Le moyen de ne pas l'être ?

— Oui, grand-père.

— Bien. Assez de bavardages ! Pensons à rassurer ta mère qui doit commencer à s'inquiéter
sérieusement.

Et le maître de *la Roncière* s'empara énergiquement du combiné téléphonique. Il y eut un
léger grésillement qui l'impatienta, puis la voix
familière de la postière de Saint-Prix se fit entendre.

« — Bonjour, monsieur Sauviernes. Quel nu-
méro demandez-vous ? »

Le vieil homme mit la main devant le micro en

faisant la grimace. Il regarda Charles qui, assis au coin du bureau, avait pris l'écouteur.

— Cette Clémentine m'agace avec sa manie de toujours personnaliser ses abonnés ! J'aimerais téléphoner au moins une fois sans m'entendre nommer. Et je suis sûr qu'elle va rester à l'écoute !

Charles se mit à rire. Il n'y avait pas plus curieuse dans les environs que la postière de Saint-Prix. Mais ce qu'il y avait de bon dans cette curiosité, c'est qu'elle était d'une discrétion à toute épreuve.

— Heureusement qu'elle est discrète ! dit Charles. Sinon il y a longtemps que le pays serait à feu et à sang.

André Sauviernes écarta sa main du micro.

« — Bonsoir... Soyez gentille de me donner très rapidement le 39 à Montreveil... »

Il entendit Clémentine murmurer, se parlant à elle-même :

« — Le 39... Ça, c'est madame Paul. »

Quelques bruits de fond, des voix lointaines. Quelqu'un demandait un timbre. Puis, la postière reprit, d'un ton très professionnel cette fois :

« — Vous avez votre correspondant. Parlez. »

« — Allô ! C'est vous, Lucie ? Ici père. Je suppose que vous êtes inquiète au sujet de Marguerite. Je vous rassure... »

« — Mon Dieu ! Elle est à *la Roncière* ! J'imaginais mille choses plus affreuses les unes que les autres. Cette enfant me rendra folle ! »

André Sauviernes eut un grognement de colère et sans doute l'aurait-il laissée éclater si Marthe ne lui avait pressé doucement l'épaule. Il secoua la tête comme pour dire : « C'est bon, je ne me fâcherai pas ! »

« — Ma pauvre Lucie ! dit-il sur un ton ironique. L'idée ne vous est pas venue que Marguerite pouvait être... était à *la Roncière* ? »

« — Je n'avais plus l'esprit à réfléchir. J'ai passé des heures abominables ! Je croyais Marguerite enfermée dans sa chambre. Quand je me suis aperçue que celle-ci était vide, je me suis évanouie. J'en suis encore malade !... »

« — Pensez-vous que je vais vous plaindre ? Si vous ne nous avez pas appelés, c'est uniquement par crainte de mes réactions au cas où Marguerite aurait fait une véritable fugue. Je ne vous l'aurais pas pardonné. Rassurez-vous, votre fille va très bien. Elle est simplement venue nous faire des confidences. »

Une voix, qui tentait d'être discrète, susurrait quelques conseils à Lucie. L'oreille — encore fine — d'André Sauviernes surprit deux mots : « Soyez ferme. »

« — Père, je vous demande de me renvoyer Marguerite ce soir même ! Je ne serai tout à fait rassurée que lorsque je l'aurai près de moi. »

« — Puisque je vous dis que Marguerite va bien, vous pouvez me croire. Quant à vous la renvoyer, non ! Je la garde. Vous avez agi d'une façon bien cavalière avec moi, ma chère. Vous eussiez dû m'aviser immédiatement de vos projets... »

« — J'avais l'intention de le faire dans la semaine, père... Rien n'était encore véritablement décidé... »

« — On ne décide pas sans moi, Lucie, vous devriez le savoir. Nous en déciderons samedi tous

ensemble. Nous vous attendons dans l'après-midi.
Priez donc vos cousins Parmelaud de se joindre à
vous. Attendez ! Marguerite me demande quelque
chose... Oui, si tu le souhaites... Lucie, priez également monsieur des Marais de vous accompa-
gner... Je voudrais savoir à quoi ressemble votre
futur époux... Bonsoir, Lucie ! »

Lucie sursauta au bruit sec qui claqua à son
oreille.

« — Allô ! Allô ! »

Les gros yeux ronds de Valentine Parmelaud
reflétaient une certaine inquiétude.

— Eh bien ? demanda-t-elle avec impatience.

— Il a raccroché.

Cela, Valentine Parmelaud s'en doutait. Elle fut
même sur le point de hausser les épaules tant la
réponse était stupide.

— Eh bien, faites de même et expliquez-vous !
Qu'a dit votre oncle ?

— Il garde Marguerite.

Valentine Parmelaud pinça les lèvres : Marguerite risquait fort de se laisser influencer par les
Sauviernes. Valentine voyait tous ses beaux rêves
s'en aller à vau-l'eau. Tout avait été pourtant si
bien préparé !

— Il fallait insister pour qu'on vous la rende
ce soir ! Enfin, ma chère amie ! Si quelqu'un a
son mot à dire, c'est bien vous ! Marguerite est
votre fille...

— Mais on n'insiste pas quand André Sauviernes a pris une décision, Valentine. On s'incline.

— Parce que jamais personne n'a osé lui tenir tête. Ce sont les cœurs faibles qui font les tyrans. Montrez plus de fermeté ! Quand nous rendra-t-on Marguerite ?

— Je vous en prie, Valentine ! Laissez-moi le temps de me remettre de mes émotions avant de m'assaillir de questions et de reproches. J'ai eu si peur !

Valentine aussi avait eu peur. Elle ne comprenait pas le comportement de Marguerite, habituellement si passive. Elle avait peur de perdre le bénéfice de douze mois d'efforts auprès de Lucie et de sa fille.

— Pardonnez mon impatience, Lucie. Mais comprenez-moi... Je m'inquiète pour mon fils. Pierre est très peiné de l'attitude incompréhensible de Marguerite.... Il n'a rien à se reprocher à son égard. Il est attentif et tendre, comme doit l'être un fiancé. Il va souffrir de cette séparation.

— Elle sera de très courte durée puisque mon oncle nous attend samedi à *la Roncière*.

— Nous ? Est-ce à dire que Pierre et moi sommes conviés à *la Roncière* ? A votre avis, Lucie, est-ce bon signe ?

— Je le suppose, puisqu'il souhaite vous connaître.

Une bouffée de joie monta au visage de Valentine qui devint cramoisi. Quel soulagement !

— Mon oncle a également invité monsieur des Marais.

Valentine se garda bien de faire la moindre allusion désagréable au sujet de Ferdinand des Marais.

— Ainsi, le mariage est décidé pour vous...

— Oui. Y voyez-vous un inconvénient ?

— Lucie ! Non. Vous êtes seul juge et, je veux l'espérer, bon juge. Permettez-moi de vous féliciter en toute sincérité. Mais alors..., samedi..., ce sera en quelque sorte une réunion familiale !

La cousine Valentine partit tout à fait rassurée quant à l'avenir de son cher Pierre.

TROISIÈME PARTIE

I

Marguerite dévala l'escalier tel un ouragan, pénétra dans la cuisine comme une tempête déferle dans un port mal protégé, en bousculant tout sur son passage. Elle faillit déséquilibrer Philomène, qui bougonna, renverser une chaise, qui fit un tour complet, et se heurter à la tante Marthe, qui tendit les mains en avant afin de mettre fin à cette cavale.

— Marguerite ! Nous ne pourrons jamais te prendre au sérieux si tu t'obstines à agir comme une enfant ! Quel vent tu déplaces ! Tu finiras par me faire perdre la tête...

Marguerite éclata de rire.

— Je suis tellement heureuse d'être ici, tante Marthe ! A Montreveil, je ne pouvais pas éveiller le moindre écho, remuer le plus petit grain de poussière, sans que maman m'en fasse le reproche.

— Mais je te reproche aussi d'être trop vive. Depuis ton retour, j'ai l'impression d'être emportée dans un tourbillon permanent, entraînée par un cyclone. La tête me tourne, mes idées ne sont plus en place.

— Tes reproches ne ressemblent en rien à ceux

de maman. Elle pousse des soupirs de martyr, prend un air languissant, lève les yeux au ciel en disant que je la fais mourir à petit feu et souhaite me voir au diable. Mais toi, tante Marthe, tu ris sous cape et tu n'as qu'un seul désir : me voir rester à *la Roncière*. Si je demeure cinq minutes à la même place, tu te demandes si je ne suis pas malade.

Marthe Sauviernes sourit et remit un peu d'ordre dans les boucles folles.

— C'est vrai, reconnut-elle. *La Roncière* nous a semblé souvent bien morne sans toi et sans Jacques.

— Jacques ! Il n'est pas encore levé ?

— Voilà plus d'une demi-heure que Geneviève et lui sont partis à cheval.

Marguerite eut l'impression de recevoir une douche glacée. Sa joie tomba d'un seul coup. Depuis qu'elle était à *la Roncière*, Jacques ne s'était pas promené avec elle.

Geneviève ! Toujours Geneviève ! Il ne pensait qu'à elle, ne voyait que par elle. Oh ! cette Geneviève, comme elle la détestait !

Marthe Sauviernes s'en fut au jardin choisir quelques fleurs. Des tulipes, pour la bibliothèque, le salon, et la décoration de la table. Des narcisses pour la chambre de Marguerite et les premières roses pour celle de Geneviève.

Un demi-sourire glissa furtivement sur les lèvres de la brave Philomène.

— Je te sers ton petit-déjeuner ou tu n'as pas faim ?

Marguerite soupira jusqu'aux larmes.

— Je n'ai pas très faim. Je ne prendrai qu'une tartine.

En fait, Marguerite devait en « engloutir » trois, beurrées épais. Et boire un grand bol de lait sucré au miel.

— Entre Guillaume et Geneviève, il n'y a plus moyen d'avoir Jacques à soi, fit-elle remarquer, boudeuse. Ne trouves-tu pas, Philo, que cette Geneviève s'incruste ?

— Que veux-tu dire ?

— Ce n'est pas ta faute !

— Comme si tu ne le savais pas, hypocrite ! Tu fais tout ce que tu peux pour écourter son séjour, l'obliger à partir. Elle est pourtant charmante, cette petite ! D'humeur égale, et douce comme le velours.

— Je n'aime pas le velours.

— Monsieur Charles a bien eu raison de l'inviter à passer quelques semaines à *la Roncière*. Elle me fait l'effet d'un beau lac reposant...

— Eh bien, méfie-toi de l'eau qui dort ! On ne sait jamais ce qu'il y a au fond...

— Chez elle, tout est beau, tout est bon. Le fond comme la surface. Elle ferait une bonne épouse pour Jacques...

Marguerite faillit avaler de travers sa dernière gorgée de lait. Comment une telle stupidité pouvait-elle venir à l'esprit de Philomène ?

— Jacques et Geneviève ? Tu perds la tête !

— Pas du tout. J'ai des yeux pour voir et je vois ce que je vois. Un beau couple, et ils ne se quittent pas !

Marguerite se leva d'un bond et cette fois la chaise fut renversée avec fracas.

— Jacques est à moi ! s'écria-t-elle.

— Voilà où le bât blesse, marmonna Philomène tandis que Marguerite, plus que jamais agitée, quittait la cuisine. Il y a de l'orage dans l'air.
Laissons aller les choses. Mais, si elles continuent
d'aller en ce sens, on risque fort d'avoir une belle
tempête !

La petite reine Margot ne se laisserait sans
doute pas prendre son favori sans quelque éclat.

— Holà ! jeune Marguerite ! Où courez-vous
si vite ?

Marguerite s'arrêta net et se retourna d'un mouvement vif qui ne laissait aucun doute sur son déplaisir.

— Oh ! vous êtes là, vous !

— Où pourrais-je être, sinon cloué au pied de
mon arbre comme chaque jour ? répliqua Guillaume Lagrange. Ma rencontre ne semble guère
vous enchanter. C'est bien involontairement que
je me trouve sur votre passage. Je ne puis m'en
écarter. Il fallait prendre un autre chemin. Où
alliez-vous si vite ? Vous avez, une fois de plus,
votre air de coq en bataille. J'ai cru voir passer une
amazone courant sus à l'ennemi, brandissant un arc
flamboyant...

Il avait enlevé sa pipe d'entre ses dents et souriait. Mais son sourire n'égayait pas ses yeux qui
gardaient au fond de leur regard une pointe de
tristesse. Marguerite ne la vit pas, ou n'en comprit
pas la signification.

— Pourquoi vous moquer encore de moi ?
Vous me prenez toujours pour cible !... Ce n'est

tout de même pas ma faute si vous n'êtes pas satisfait de votre sort et si vous vous ennuyez !

La tristesse du regard de Guillaume s'étendit un
instant à son visage.

— J'aurais mauvaise grâce à ne pas être satisfait de mon sort ! Au lieu de me morfondre dans
une petite chambre donnant sur une cour sombre
— neuf mètres carrés sous les toits, froid en hiver,
chaud en été —, je suis à *la Roncière* où j'ai l'impression d'être en famille. Je suis heureux ici.

Marguerite eut un rire ironique.

— Eh bien, on ne le dirait pas ! Vous avez un
air lugubre, sinistre. Même quand vous souriez.

— Je n'ai pas eu de mère pour me dorloter...
Mon père ne pensait qu'à ses voitures de course.
Mes oncles et tantes ne souhaitaient qu'une chose :
se débarrasser de moi. Je n'ai pas eu souvent l'oc-
casion de rire. Mais vous-même n'êtes pas toujours
gaie, Chardonnette !

— Pourquoi m'appelez-vous ainsi ?

— Parce que vous êtes piquante comme un
chardon. Vous me reprochez de vous prendre pour
cible. Je ne fais que vous taquiner un brin. Mais
vous, Marguerite, aussi changeante que la fleur dont
vous portez le nom, et qui ne nous dit jamais la
même chose quand nous l'effeuillons, vos traits sont
bien plus acérés que les miens. Mes flèches vous
agacent, mais les vôtres me blessent. Vous m'ef-
frayez parfois...

— A ce point ?

Guillaume hocha gravement la tête.

— Oui. J'ai peur. Non pas pour moi, mais
pour vous, et surtout pour Jacques. Vous êtes dangereuse, Chardonnette. Un vrai volcan. Et quand

un volcan entre en éruption, il détruit toujours ce qui le touche. Il risque aussi de se détruire lui-même. Voilà pourquoi je crains pour vous comme je crains pour Jacques. Réfléchissez bien avant d'agir, Marguerite, au mal que pourrait faire une éruption.

Marguerite eut un mouvement d'humeur. Elle n'appréciait guère la leçon que lui donnait Guillaume.

— Pour réfléchir, encore faudrait-il que je comprenne ce que vous sous-entendez. Mais vous parlez par énigmes.

— Allons, Marguerite, ne vous faites pas plus bête que vous ne l'êtes ! Vous m'avez compris... Seulement, vous ne voulez pas entendre raison et vous faites la sourde.

— Quand vous cesserez de jouer les sphinx, je tendrais une oreille attentive...

Marguerite s'éloigna en courant.

— Marguerite ! cria Guillaume. Vous aimez Jacques et vous risquez de lui faire du mal ! C'est à cela que je vous demande de réfléchir.

Marguerite fit encore quelques pas et s'arrêta. Elle demeura quelques secondes sur place, laissant à son cœur le temps de s'apaiser. Puis elle revint vers Guillaume, lentement.

— Vous ne pouvez plus ne pas m'écouter à présent, dit-il en souriant. J'ai parlé nettement.

Trop nettement au goût de Marguerite qui ne savait que répliquer. De quoi se mêlait-il ?

— Cela ne vous regarde pas ! dit-elle enfin. Je ne m'occupe pas de votre amour pour Geneviève.

Guillaume devint pâle, ses doigts se crispèrent nerveusement sur sa pipe.

— Cela se voit donc tant ? murmura-t-il.

Il avait soudain l'air si désarmé, si malheureux, que Marguerite, qui avait jeté ces mots tout à fait au hasard, en eut quelque remords. Elle n'était pas méchante, mais sa nature excessive la poussait toujours trop loin. Elle s'approcha de Guillaume, ramassa une revue qu'il avait laissé tomber, et se pencha vers lui.

— Non, Guillaume, cela ne se voit pas du tout. J'ai dit cela sans y penser, je suis tombé juste sans le savoir. Voilà pourquoi vous êtes si triste.

— Oui, Marguerite. J'ai trouvé une famille, mais je le paie cher. J'ai perdu la tranquillité de mon cœur... Comme vous, Chardonnette !

— Alors, vous devriez me comprendre.

Il lui prit la main et « effeuilla » ses doigts.

— Je l'aime... Un peu... Beaucoup... Passionnément... A la folie... Pas du tout... Je l'aime... Un peu... Beaucoup... Passionnément... En effeuillant la marguerite !

— Il faut dire : « elle m'aime ».

Il secoua la tête.

— Mais la marguerite mentirait. Vous et moi, nous n'avons pas de chance. Jacques... Geneviève...

Marguerite ne l'entendait pas de la même façon.

— Il faut savoir forcer la chance ! s'écria-t-elle. Je n'abandonne pas.

Guillaume regarda Marguerite, longuement, intensément.

Puis, il abandonna la main de la jeune fille et soupira.

— La force du volcan, Chardonnette. C'est bien ce que je craignais. Quand on aime, il ne faut pas être la lave qui brûle, ni l'eau qui use le rocher. Il faut savoir se retirer sans bruit, pour le bonheur de l'autre.

— Le bonheur de Jacques, c'est moi ! Lui ne le sait pas encore. Moi, je le sais depuis toujours.

— Comme vous êtes sûre de vous, Marguerite !

— Je connais bien Jacques.

Oh oui ! elle connaissait son Jacques ! Mieux que le père de celui-ci, mieux que sa mère, et même mieux qu'André Sauviernes ! Et ce n'était pas tant d'elle-même dont elle était sûre, mais de Jacques.

— Prenez garde, petite Marguerite !... Prenez bien garde !

— Pourquoi cette menace ?

— Parce que vous êtes incapable de donner, je le crains. Vous aimez trop recevoir. Vous avez un caractère entier, vous n'admettez pas le partage... Vous êtes excessive, autoritaire, despotique même, jalouse, égoïste au point de tout centrer sur votre petite personne.

Marguerite regardait son interlocuteur avec de grands yeux étonnés. Jamais personne n'avait osé faire d'elle un tel portrait. Ce n'était guère flatteur, et sûrement faux.

— Est-ce vraiment ainsi que vous me voyez ?

— Je vous vois telle que vous êtes, Marguerite. Moi, je ne suis pas aveuglé par une trop vive affection, une trop grande tendresse, comme chacun à *la Roncière*.

— Ça non ! Vous me détesteriez plutôt...

Guillaume sourit.

— Détrompez-vous ! Si je n'ai pas encore d'amitié pour vous — avouez que vous n'avez rien fait pour l'attirer —, j'ai tout de même de la sympathie.

— Une sympathie plutôt mordante ! Il me semble que le chardon, c'est vous.

Il la regarda avec une sorte d'ironie amicale, presque tendre.

— Je voudrais vous faire comprendre que l'on ne centre pas la vie sur soi-même. Pour être heureux et rendre heureux, il faut donner plus que recevoir. Jacques est un frère pour moi, et plus encore puisqu'il est mon ami. C'est pourquoi je souhaite son bonheur plus que le mien. J'aimerais pour lui une épouse aussi parfaite que Geneviève.

Marguerite eut un froncement de sourcils au nom de sa rivale.

— Nul n'est parfait ! lança-t-elle.

Guillaume se mit à rire.

— Voilà un exemple de jalousie, Chardonnette ! Disons que Geneviève, si elle n'est pas parfaite — je ne voudrais pas être taxé de partialité —, est très loin de vous ressembler...

C'était encore plus vexant. Marguerite eut un haussement d'épaules dédaigneux et s'en fut dignement rejoindre André Sauviernes qui remontait l'allée, le courrier à la main.

Guillaume eut un geste d'impuissance.

« J'ai été maladroit, se dit-il. J'ai bien peur de l'avoir cabrée plutôt que de lui avoir fait entendre raison. »

— Grand-père ! Y a-t-il une réponse ?

Marguerite sautillait d'un pied sur l'autre, impatiente. Samedi arrivait à grands pas et, sans les renseignements qu'il avait demandés, jamais son grand-père n'accepterait de jouer aux Parmelaud la petite comédie qu'elle avait imaginée.

— Tu es comme un petit chien autour de moi ! La voilà, cette réponse tant attendue.

— Ouvre vite l'enveloppe. Lis ! Lis ! J'ai raison, tu vas voir !

Evidemment, Marguerite n'avait pas tort. Sans être véritablement mauvais, les renseignements n'étaient pas vraiment bons. Enfin, ce qu'ils laissaient entendre n'incitait pas André Sauviernes à l'indulgence.

— Eh bien, grand-père, que décides-tu ?

André Sauviernes relut la lettre que lui avait adressée l'un de ses vieux amis en qui il pouvait avoir entièrement confiance.

— Soit ! nous leur jouerons ton tour ! dit-il. Je ne puis leur pardonner d'avoir abusé ainsi ta mère, moins encore d'avoir risqué de te blesser. Tu aurais pu t'attacher à ce garçon et en souffrir...

Marguerite sourit, enchantée d'avoir obtenu ce qu'elle avait souhaité.

Le vieil homme et la jeune fille remontèrent ensemble l'allée.

Au bout d'un moment, Marguerite demanda :

— Grand-père, penses-tu que je sois excessive, autoritaire, despotique, jalouse et égoïste ?

André Sauviernes sourit.

— Voilà un portrait peu flatteur ! Mais, sérieusement, il est assez ressemblant...

Valentine Parmelaud se sentait plutôt mal à l'aise, elle n'aurait su dire pourquoi. L'atmosphère lui paraissait tendue. Peut-être cette impression, désagréable au point de lui glacer le dos, était-elle due à la présence de Ferdinand des Marais ? Elle avait cru déceler en lui une ironie et cela la troublait. Il y avait de la catastrophe dans l'air...

Valentine soupira, le cœur à demi chaviré.

Et ce voyage en voiture ! Elle détestait les automobiles. Et tous ces virages !

— Sommes-nous bientôt arrivés ? gémit-elle.

— Quelques minutes de patience, Valentine !

Valentine ferma les yeux. De la patience ! Il était facile à Lucie de le dire. Elle était fraîche comme une rose et rien ne semblait l'inquiéter.

Oh ! ces bourdonnements d'oreilles..., cette sensation qu'à chaque virage son cœur allait se décrocher !

Seigneur ! dans quel état arriverait-elle à *la Roncière ?* Quel voyage !

S'il y avait à discuter, à batailler, jamais elle

n'y parviendrait. Tenir tête au vieux Sauviernes avec ces nausées serait impossible !

Et Lucie qui bavardait comme une perruche inconsciente, captant l'attention de Ferdinand des Marais, le distrayant au risque de provoquer un accident.

— Voici *la Roncière* ! annonça Lucie.

Ouf ! Valentine se sentit mieux. Elle reprit tout à fait son équilibre en mettant pied à terre.

La famille Sauviernes au grand complet se tenait sur le perron pour accueillir ses invités.

— Marguerite ! Vilaine fille ! s'écria Lucie. Comment as-tu eu le cœur de me causer cette angoisse !

Valentine soupira.

— Chère enfant ! Quelle peur nous avons eue !

Pierre faisait un peu grise mine, en fiancé outragé.

— Je ne sais que penser de votre attitude, Marguerite...

Marguerite eut un délicieux sourire.

— Pardonne-moi, maman... Vous aussi, cousine Valentine, soyez indulgente. Et vous, Pierre, excusez-moi de vous avoir aussi cavalièrement faussé compagnie... Mais j'ai eu soudain très envie de revoir *la Roncière*, de parler de vous à grand-père. Voilà, grand-père, c'est Pierre. Et voici notre cousine Valentine, sa mère.

André Sauviernes eut un salut très Régence.

— Ma maison vous est ouverte.

Le ton était courtois, mais il ne signifiait pas pour autant qu'ils y étaient les bienvenus. C'est l'impression qu'en reçut Ferdinand des Marais. « Un juge sans indulgence, se dit-il. Le sera-t-il aussi pour moi ? Il me regarde, et Lucie qui oublie de me présenter ! »

Il ne savait trop quelle attitude prendre. Devait-il ou non s'avancer vers André Sauviernes ? Ce fut Marguerite qui le tira d'embarras en le prenant par la main.

— Venez ! dit-elle. (Puis, elle ajouta à son oreille :) Ne craignez rien. Il s'agit d'une exécution mais non point de la vôtre. (Elle continua, à haute voix :) Grand-père, voici mon ami Ferdinand des Marais.

Son ami ! Lucie était abasourdie et Valentine inquiète.

— Puisque vous êtes, non seulement le futur époux de ma nièce, mais aussi l'ami de notre Marguerite, ma maison vous est également grande ouverte.

Il aurait fallu être sourd pour ne pas saisir la nuance, et Valentine Parmelaud avait l'oreille fine. Ceci n'était pas fait pour apaiser son malaise.

Une réunion familiale ? Sans doute. Mais son fils et elle n'étaient pas accueillis de grand cœur.

Marthe conduisit les hôtes de *la Roncière* au salon où des rafraîchissements et des pâtisseries furent servis, et l'on bavarda de tout et de rien une heure durant.

Marguerite était assise entre Jacques et Pierre, rieuse avec l'un, sérieuse avec l'autre. Valentine ne quittait pas leur groupe des yeux. L'attitude de Marguerite ne lui plaisait guère. Celle de Jacques moins encore. Cette gaieté lui paraissait complice... Et le bras du cousin, reposant sur le dossier du canapé, et dont la main jouait avec les cheveux de

Marguerite, qui se laissait faire sans protester sous les yeux même de son fiancé.

André Sauviernes se leva soudain.

— Nous avons à discuter de choses sérieuses, dit-il. Nous pourrions passer dans mon bureau... Si vous le voulez bien, madame Parmelaud...

— Mais, certainement, monsieur...

— Des Marais ! Puisque vous devez épouser Lucie, joignez-vous à nous.

Valentine retint un haut-le-corps ! Hé quoi ! ce Ferdinand des Marais était aussi convié ! Avoir en face d'elle ce regard ironique ! Quel désagrément !

Valentine Parmelaud eut tout de suite l'impression d'être dans un tribunal... Les juges : les Sauviernes... Le témoin : Lucie... Les accusés : elle-même et son fils... Ferdinand des Marais représentant le public...

Valentine eut un frisson.

Elle n'appréciait pas du tout la façon qu'avait André Sauviernes de regarder son fils. Un regard aigu, profond, un regard d'inquisiteur. Ce diable de vieil homme leur préparerait une mauvaise surprise qu'elle n'en serait pas autrement étonnée.

Lucie savait-elle quelque chose à ce sujet ?

Valentine observa discrètement la jeune femme, assise légèrement à l'écart, comme éloignée, pour ne pas dire exclue du cercle familial. Lucie ne paraissait pas elle-même très à l'aise. Elle esquissa un sourire un peu contraint en croisant le regard de sa cousine.

Valentine ne se trompait pas : Lucie n'était pas plus tranquille qu'elle. Elle connaissait trop bien

le caractère de l'oncle de Paul pour ne pas être
rassurée. L'accueil qu'il avait réservé aux Parmelaud comme à Ferdinand des Marais ne signifiait
pas qu'il était prêt à donner son accord. Cela n'irait
sûrement pas sans discussion. Tous les espoirs de
Lucie se portaient sur sa fille. Pour une fois, Marguerite avait eu une attitude, surprenante sans
doute, mais amicale envers Ferdinand. Car, bien
entendu, ce qui préoccupait surtout Lucie en cette
minute, c'était le sort de son propre mariage plus
que celui de sa fille. Sans doute l'oncle André
n'avait-il pas le pouvoir de l'empêcher, mais son
opinion comptait tout de même : elle souhaitait ne
pas couper les ponts entre elle et *la Roncière*.

Quant au cousin Pierre, il semblait parfaitement détendu, sûr de lui. La façon dont Marguerite l'avait accueilli aurait suffi à calmer ses
inquiétudes, s'il en avait eu. Mais pas le plus petit
soupçon ne l'effleurait ; il était trop vaniteux pour
qu'il en fût ainsi. Même le regard d'André Sauviernes ne le troublait pas...

André Sauviernes s'assura d'un coup d'œil que
chacun était bien installé, puis, il ouvrit le feu :

— Comme je vous l'ai fait remarquer au télé-
phone, Lucie, vous avez agi envers moi d'une manière désinvolte. Marguerite est ma pupille, je
devais donc être informé sans délai de ce projet de
mariage. Vous vous êtes engagée bien légèrement.
Je vous le dis tout net, il ne me convient pas.

Bien qu'elle se fût attendue à une telle déclaration, Valentine ne put contenir un sursaut. Quant
à Pierre, il parut tomber des nues.

Il y eut un bref silence. Une abeille vint un

instant le troubler en bourdonnant autour de Valentine qui faillit se faire piquer en la chassant.

— Ce projet ne me convient pas, répéta André Sauviernes. Mais, comme ce mariage ne semble pas déplaire à Marguerite, je ne m'y opposerai pas...

Valentine eut un long soupir de soulagement et son fils redressa les épaules. Peu importait aux Parmelaud l'opinion d'André Sauviernes, puisque Marguerite acceptait le mariage et que son oncle ne contrariait pas son souhait !

— Marguerite ! soupira Pierre. Quelle joie !

— Chère petite ! lança Valentine, l'œil humide.

Marguerite souriait. D'un sourire mystérieux, énigmatique, très ange de Reims.

— Seulement...

Valentine dressa aussitôt l'oreille. Il y avait dans le ton d'André Sauviernes quelque chose de désagréable. Comme une menace. Et de nouveau elle éprouva l'impression qu'une catastrophe était imminente.

— ... seulement Marguerite se mariera sans dot.

Cela fit son effet... Pierre Parmelaud parut se tasser dans son fauteuil ; quant à sa mère, le feu du ciel tombant à ses pieds ne l'aurait pas plus foudroyée.

— Mais je..., mais je..., balbutia-t-elle, ne trouvant pas ses mots pour la première fois de sa vie. Je pensais..., j'avais cru comprendre... Lucie m'avait laissé entendre...

— Mais oui, père, vous m'aviez dit...

Lucie était terriblement embarrassée.

— Eh bien, je me dédis. Ce mariage me déplaît...

Il y eut un lourd silence, un silence à couper au
couteau. Puis la voix claire de Marguerite s'éleva...

— Grand-père accepte toutefois de me conduire
à l'autel, dit-elle tranquillement. Nous pourrions,
cousine Valentine, arrêter définitivement la date du
mariage. N'aviez-vous pas suggéré le 20 août ?

Valentine tressaillit. Evidemment, elle avait
avancé la date du 20 août, mais elle pensait alors
que Marguerite aurait une dot substantielle. A présent, la situation était tout autre. Pas de dot, pas de
mariage ! Il n'était, bien entendu, pas question de
le dire aussi nettement à Marguerite. Prendre quelque distance d'abord. Ell s'efforça de cacher sa
déception, ses nouveaux projets sous un sourire
doucereux.

— Chère enfant ! J'ai longuement réfléchi, ces
derniers jours. Votre fugue m'a donné à penser
sur votre jeunesse. Il me semble qu'il serait sage de
repousser, de quelques mois, la cérémonie. Le
mariage est le grand événement de la vie d'une
jeune fille. Elle doit l'aborder avec sérieux, gravité
même, et vous êtes encore si jeune, ma petite Marguerite...

Marguerite éclata de rire.

— Je crois, grand-père, que cousine Valentine
est en train d'esquisser une retraite élégante.

Valentine se leva dignement.

— Marguerite ! Qu'entendez-vous par-là ?

— Tout bêtement que vous ne voulez pas de
moi sans dot...

Lucie se voila la face, dépassée par les événements.

7

— Marguerite ! Comment oses-tu...

— Voyons, maman ! Pour une fois, ouvre les
yeux, regarde les choses telles qu'elles sont... Cousine Valentine t'a dupée, admets-le. Seul, l'intérêt
la guidait vers nous.

Pierre, qui au fond n'était pas un sot, devina
qu'on leur avait tendu un piège, et, comme il n'était
pas seulement vaniteux mais également orgueil-
leux, il voulut avoir le beau rôle.

— Si je souhaite vous épouser, Marguerite, ce
n'est pas par intérêt, dit-il. Je vous aime sincèrement, croyez-le bien. Je souhaite toujours vous
épouser et je maintiens la date du 20 août pour
notre mariage. Si vous le voulez toujours...

Marguerite plissa les paupières. Elle observa
Pierre. Il ne risquait rien à parler ainsi, il était sûr
de s'avancer en terrain sec. Eh bien, elle allait
ouvrir sous ses pas une fissure pour le faire tré-
bucher...

— Oui, Pierre. Je le veux toujours...

Il encaissa le coup avec un certain panache. Il
n'en fut pas de même pour sa mère.

— Jamais ! s'écria-t-elle. Jamais ! non, jamais
je ne permettrai ce mariage après les insultes qui
m'ont été faites !

Marthe Sauviernes se leva.

— Il est temps de cesser cette plaisanterie,
Marguerite, avant qu'elle ne devienne par trop
pénible pour les uns comme pour les autres.

— Rassurez-vous, madame, renchérit André
Sauviernes. Ce mariage ne se serait pas fait de
toute façon. Les renseignements que j'ai fait prendre sur vous ne me satisfaisaient pas.

— Quels renseignements ? demanda Valentine, hautaine.

— Certains faits, qui ne plaident pas en votre faveur, m'ont été rapportés...

— Quelques méchants ragots, ramassés dans la boue du ruisseau ? Expliquons-nous.

— Mieux vaut ne pas insister, madame. Cette comédie n'a que trop duré. Brisons-là ! Monsieur des Marais, puis-je vous prier de raccompagner madame Parmelaud et son fils à Montreveil ?

Ferdinand se sentait mal à l'aise. Cette scène avait été pénible pour lui, étranger à la famille. Il craignait aussi que son mariage avec Lucie ne fût compromis. Par les mauvais renseignements que M. Sauviernes n'avait sans doute pas manqué de recueillir sur lui-même.

— Certainement, monsieur.

André Sauviernes lui sourit amicalement.

— Et n'oubliez pas de revenir demain, ajouta-t-il. Nous vous attendrons pour le déjeuner...

Avant de quitter le bureau, Valentine Parmelaud décocha une flèche qu'elle pensait empoisonnée :

— Vous eussiez dû prendre également des renseignements sur monsieur des Marais !

— Je n'y ai pas manqué, madame. Mais, outre que ma nièce Lucie est libre de disposer d'elle-même, monsieur des Marais m'a été recommandé par Marguerite.

Lucie ne cessait de gémir.

— Il eût été préférable d'éviter cette mise en

scène fort désagréable pour tous, dit Marthe. N'est-ce pas ton avis, ma petite Marguerite ?

Celle-ci baissa le nez en rougissant. En fin de compte, elle n'était pas du tout satisfaite du « bon tour » joué aux Parmelaud. Son grand-père avait raison, c'était plutôt un « vilain tour ». Elle ne l'avait pas seulement joué aux Parmelaud, mais également à elle-même. Guillaume avait lui aussi raison quand il l'appelait Chardonnette : elle piquait autant qu'un chardon.

— Si, tante Marthe ! Et je regrette de ne pas avoir suivi tes conseils.

— La prochaine fois, Margotte, tu te souviendras que l'indulgence a meilleur goût que la vengeance, dit Charles.

Lucie releva la tête.

— Je ne comprends pas pourquoi vous avez agi de cette abominable façon envers Valentine, dit-elle. Jamais je n'ai eu à me plaindre d'elle. Elle a toujours été parfaite avec moi.

— Et pour cause ! répliqua Marguerite. Elle n'allait pas t'offrir son véritable visage...

— Je t'en prie, Marguerite, tais-toi ! Enfin, père, m'expliquerez-vous ? J'aurais aimé être tenue au courant.

— Moi aussi, Lucie, j'aurais aimé être mis au courant de vos projets concernant Marguerite.

Lucie rougit.

— Ces renseignements sont-ils si terribles ?

— Sordides, ma chère. Avez-vous lu *le Cousin Pons* ?

— Le héros de Balzac qui fut dépouillé (*) ?

— Oui. On dira que c'est du roman... Sans doute... Mais votre chère Valentine n'agit pas mieux envers une de ses vieilles parentes. Elle se fit tout donner et abandonna l'infortunée à son triste sort. Quant à son fils, son comportement n'est pas plus engageant. C'est un joueur. Vous reconnaîtrez avec nous que, pour un futur notaire, c'est fort inquiétant.

— Mais, quelle vie aurait eu ma pauvre Marguerite auprès de ces deux êtres ?

— Je vous laisse l'imaginer...

Lucie frissonna.

— Et monsieur des Marais ? demanda-t-elle soudain.

— Les renseignements que j'ai obtenus ne sont pas mauvais... Le moins qu'on puisse dire est que madame Parmelaud exagérait en laissant entendre que ce n'était pas un homme honorable... De plus, je l'ai dit, vous êtes libre de disposer de vous-même.

— Merci, père.

— Remerciez Marguerite.

(*) Dans *le Cousin Pons,* Honoré de Balzac (1799-1850) raconte l'histoire d'un amateur d'art que ses parents rejettent tant qu'ils le croient pauvre, mais qui le dépouillent après avoir pris conscience de l'importance de sa collection.

La Roncière chassait de son mieux les émotions du samedi en repoussant au plus profond des mémoires le souvenir des Parmelaud. La journée dominicale fut plaisante pour les Sauviernes et leurs hôtes. Ferdinand des Marais enchanta Guillaume comme il séduisait Jacques et agaça Marguerite par ses connaissances de la mer et des bateaux. Il s'attira la sympathie de Charles par ses compétences en matière de chevaux. Quant à André Sauviernes, il fut agréablement surpris de l'entendre parler d'agriculture en véritable terrien. Et tout ceci était dit sans la moindre forfanterie. Il abordait chacun des sujets avec simplicité, mais judicieusement. On sentait que ce n'était pas un vernis, de vagues notions apprises pour la circonstance. Il savait exactement de quoi il parlait.

Avec une visible stupéfaction, Lucie découvrait un aspect inconnu de son futur époux.

Après un avis fort pertinent sur la meilleure façon de traiter les arbres fruitiers, André Sauviernes dit :

— Mon cher Des Marais, si Toulouse ne vous

convenait pas, n'hésitez pas à venir frapper à la porte de *la Roncière !* Vous y trouverez toujours de quoi vous occuper...

Lucie éprouva une sorte de vertige à la pensée qu'elle devrait peut-être, un jour ou l'autre, regagner la campagne et y reprendre la vie austère d'autrefois. Mais Ferdinand lui sourit comme pour la rassurer et elle se rasséréna.

Après ces deux jours fertiles en événements, *la Roncière* retomba, non point dans la monotonie, car la vie n'était jamais monotone quand Marguerite était au domaine, mais dans la tranquillité du quotidien.

Tranquillité d'apparence, que Marguerite risquait à tout instant de faire voler en éclats. Il aurait suffi d'un rien pour que le volcan n'entrât en éruption. Un mot un peu vif de la patience lassée de Geneviève, par exemple. Mais celle-ci semblait douée d'une patience véritablement angélique contre laquelle se brisaient les flèches de Marguerite.

Marguerite errait comme une âme en peine sous les grands châtaigniers, le cœur raviné par l'indifférence que Jacques ne cessait de lui manifester, les yeux humides de tristesse.

Elle s'arrêta au bord de l'étang. Une brume, légère comme un voile, transparente et impalpable, montait doucement des eaux. Un souffle de vent caressait les feuillages en leur murmurant quelque secret.

Marguerite s'assit sur une souche vieille et

moussue et, coudes aux genoux, menton entre les paumes, demeura ainsi, les yeux perdus dans le rêve.

Les oiseaux qui s'étaient tus à son approche reprenaient, rassurés par son immobilité, leur chant l'un après l'autre. Le bouvreuil et le loriot, la fauvette et le merle, et jusqu'au rossignol.

Une ombre douce glissait lentement entre les troncs. Celle du crépuscule. Ombre diffuse, mais encore discrète, à peine teintée de mauve.

Deux mains se posèrent sur les épaules de la rêveuse.

— Ma petite reine Margot a l'air bien triste ce soir encore. Quel chagrin secret cache-t-elle en son cœur ?

Marguerite mit ses mains sur celles d'André Sauviernes.

— Jacques ne m'aime pas, grand-père, murmura-t-elle dans un soupir. Mais moi, je l'aime... Quand je suis près de lui, c'est comme si j'étais à cent lieues. Il ne me voit même pas. La mer occupe tous ses loisirs, Geneviève Marange occupe toutes ses pensées.

Elle se releva d'un bond, chercha refuge dans les bras du vieil homme.

— Grand-père, je crois qu'il les aime également toutes les deux.

— Geneviève est charmante.

Marguerite tressaillit et s'écarta de son grand-oncle. Elle chancela légèrement, avec l'étrange impression que la terre s'agitait sous ses pas. Et elle souhaita que la terre s'ouvrît et l'engloutît avec la douleur lancinante qui lui rongeait le cœur. Comme toujours excessive, elle se sentait désespérée, trahie par tous, et surtout par les deux êtres qu'elle aimait le plus au monde : Jacques et André.

— Je me sens dépouillée de tout ce qui m'est cher ! dit-elle sur un ton larmoyant. De mon bonheur d'hier, de mes joies anciennes. L'avenir est semblable au soir, au crépuscule. Grand-père, je voudrais mourir avec le jour.

André Sauviernes ne put s'empêcher de sourire du lyrisme de Marguerite.

— Quoi ! s'écria-t-elle avec indignation. Vous riez quand je parle de mourir !

— Où as-tu lu cela ?

Marguerite fronça les sourcils.

— Lu quoi ?

— Ces alexandrins que tu viens de me débiter de fort belle façon. C'est à vous tirer les larmes des yeux...

Marguerite frappa du pied, furieuse de n'être pas prise au sérieux.

— Oh ! grand-père, ne vous moquez pas de moi ! Je suis très malheureuse !

André Sauviernes souriait toujours, plus amusé qu'inquiet de ce qu'il croyait encore être le caprice d'une enfant gâtée.

— Malheureuse, ma petite reine Margot ? Malheureuse ou bien jalouse de voir qu'en son absence une jeune fille, charmante je le maintiens, s'est arrêtée dans son royaume et qu'elle attire les regards des courtisans.

Marguerite secoua la tête avec mélancolie, lasse de se voir traitée en petite fille.

— Ce n'est pas votre reine Margot qui est malheureuse, grand-père. C'est Marguerite...

Et elle fondit en larmes. André Sauviernes fut

quelque peu déconcerté par ces larmes-là, car il
comprenait enfin que la reine Margot n'existait
plus, que celle qui pleurait était Marguerite, une
jeune fille qui connaissait son premier chagrin
d'amour.

— ... Marguerite qui aime Jacques.

Et si Jacques, lui, aimait Geneviève, comme le
pensait Marguerite ? Que faire ? Que dire ? Parler
à Geneviève ? Parler à Jacques ? Et si Marguerite
se trompait ? Si ce n'était encore qu'un caprice ?
Elle était si jeune !

— Il y a, de par le monde, mille et une petites-
cousines qui sont amoureuses de leurs mille et un
petits-cousins... ou qui le croient...

— Moi, j'en suis sûre, grand-père. Aidez-moi,
grand-père ! Aidez-moi à être heureuse !

— Mais, si Jacques aime Geneviève, que puis-
je faire ?

— Il se trompe peut-être, il se trompe sûrement. Parlez-lui, je vous en prie. Moi, il ne m'écou-
tera pas.

André Sauviernes hocha gravement la tête, se
demandant si Jacques l'écouterait, lui.

— Je lui parlerai, promit-il.

Mais c'est à Geneviève que le vieil homme
préféra s'adresser.

Chaque matin, depuis des décennies, à l'heure
où le jour pointait, que le ciel fût serein ou menaçant, André Sauviernes parcourait les vergers d'un
pas assuré. Une inspection qu'il appelait sa « visite
de bon voisinage ».

Le vieil homme aimait à se promener ainsi,

dans l'odeur des fruits mûrissants. Il aimait ses
arbres, les connaissait tous. Ils avaient beau être
des milliers, il savait que tel prunier, tel pommier,
tel cerisier, avait eu telle maladie en telle année.

Il en avait vu naître des milliers, croître, s'épa-
nouir, et mourir, depuis l'aube de ses dix ans où,
pour la première fois, son père l'avait emmené visi-
ter les vergers. Il était resté muet de saisissement
devant tant de beauté offerte à ses yeux éblouis...
Puis il avait glissé sa main dans celle de son père.
Celui-ci avait souri sans rien dire, mais André
avait lu dans son regard le reflet de sa propre émotion. Ils étaient demeurés là, main dans la main,
immobiles et silencieux, dans l'incomparable clarté
du jour renaissant.

Et depuis ce lointain matin de son enfance il
était fidèle au rendez-vous de l'aube. Il venait
saluer ses arbres et toujours avec la même émotion
au cœur. Autrefois, il avait Paul ou Charles près
de lui, ou Jacques. Aujourd'hui, il était seul.

Non, pas seul ! Une mince silhouette errait
rêveusement...

Geneviève Marange !

Le vieux maître de *la Roncière* la rejoignit.

— Vous êtes bien matinale, ma chère enfant,
fit-il remarquer après les salutations d'usage.

Geneviève sourit en désignant l'immense étendue des vergers, qui glissaient en pente douce vers
la rivière, puis la colline et le troupeau de moutons qui s'éparpillait sur ses flancs tandis qu'un
souffle de vent apportait avec lui les notes grêles
qu'un jeune pâtre égrenait sur son flutiau, et la
forêt qui frémissait doucement sous les premiers
rayons du soleil.

— J'aime la beauté de l'aurore. Elle mérite que l'on soit matinal pour la saluer.

André Sauviernes regarda la jeune fille amicalement mais avec un peu de regret au fond du cœur. Elle était telle qu'il avait espéré la future épouse de Jacques. Ah ! s'il n'y avait pas eu Marguerite, comme il l'aurait accueillie avec bonheur !

Mais il y avait Marguerite et Marguerite avait toute sa tendresse, toutes ses préférences.

— Vous aimez la nature, n'est-ce pas ?

— Je suis une terrienne.

— Votre père doit être fier de sa fille.

Une ombre vint un instant assombrir le regard clair de Geneviève.

— Mon père a quatre fils, murmura-t-elle.

Cette petite phrase enfermait en elle beaucoup de choses visiblement pénibles pour Geneviève. Le vieil homme ne posa aucune question. Il ne voulait point se montrer indiscret au cas où elle ne souhaiterait pas se confier.

— Voulez-vous que nous allions nous asseoir ?

Il lui désignait un vieux banc, à quelques pas de là. Il y en avait plusieurs disséminés entre les arbres, invitant à la halte. Geneviève acquiesça.

Ils demeurèrent un long moment silencieux, regardant le soleil monter dans le ciel tandis que les dernières vapeurs de l'aube achevaient de se disperser.

— Mon père est fier de ses fils, reprit Geneviève. Ils sont tous mes aînés, de plusieurs années. Moi, je suis venue un peu tard parmi eux et ma mère en est morte... Ils ne l'ont jamais oublié.

Elle n'ajouta pas que ses frères étaient mariés et que ses belles-sœurs habitaient au domaine et

que chacune d'elles comptait plus qu'elle-même
aux yeux de son père à qui elles avaient donné des
petits-fils.

— J'aurais aimé que Marguerite vous ressemble.

Geneviève mit sa main sur celle de son vieux
compagnon.

— J'aurais aimé que mon père... Marguerite ne
peut ressembler qu'à Marguerite. Elle est vive, gaie,
spontanée... J'aurais aimé qu'elle soit mon amie,
mais... Je crois que Marguerite n'apprécie pas ma
présence à *la Roncière*.

— C'est sans doute notre faute, mon enfant.
Nous l'avons trop gâtée. Ici, elle se croit le centre
du monde. Mais, ne l'oubliez jamais, Geneviève,
vous êtes la bienvenue chez moi et, pour ma part,
j'apprécie votre présence. Prolongez votre séjour
aussi longtemps qu'il vous plaira, petite amie.

André Sauviernes se tut brusquement. Ce n'était
vraiment pas ce qu'il devait dire. Au lieu de l'écarter de Jacques, il semblait plutôt, avec de telles
paroles, engager Geneviève à se rapprocher de lui.

Sur quelle pente dangereuse s'avançait-il ?

Il n'était guère aisé de dire à une jeune fille,
peut-être amoureuse : « Eloignez-vous, laissez la
place à une autre ! »

Il eut grande envie d'abandonner, de laisser
aller les choses. Si ce n'avait été Marguerite...

— Nous vous aimons beaucoup, Geneviève,
et...

Geneviève se méprit sur le sens de ces paroles.
D'un geste de la main, elle interrompit son compagnon.

— N'allez pas plus loin, monsieur Sauviernes,
dit-elle. Je ne voudrais pas qu'un malentendu se

dresse entre nous. Laissez-moi vous dire... Je sais
pourquoi monsieur Charles m'a invitée, pourquoi
mon père m'a laissée venir, pourquoi vous êtes
tous si gentils avec moi. Je suis profondément touchée de votre accueil... Je suis bien parmi vous...
Je me sens plus désirée à *la Roncière* que dans la
maison de mon père... J'aimerais y demeurer,
mais...

André Sauviernes retint un soupir de soulagement. Il était certain d'avoir deviné ce qu'elle allait
dire.

— Mais ?

— Je n'aime pas Jacques, monsieur. J'ai de
l'amitié pour lui, beaucoup d'amitié. Mais l'amitié,
cela ne suffit pas, n'est-ce pas ?

— Cela suffit parfois, Geneviève. Mais pas
toujours.

— Je suis navrée si je vous déçois. Vous êtes
si bon ! J'aurais été heureuse de vous avoir pour
grand-père.

Il effleura sa joue d'une caresse.

— Et moi, j'aurais été heureux de vous avoir
pour petite-fille. Mais..., je puis vous le dire tout
net à présent car vous n'en souffrirez pas, ce qui
m'aurait désolé, il y a Marguerite qui aime Jacques. C'est ce que je cherchais à vous dire sans
vous blesser. Mais notre Jacques, qui aime-t-il ?
Geneviève ou Marguerite ?... Le savez-vous, mon
enfant ? Il se plaît en votre compagnie et fuit Marguerite.

— On fuit parfois qui l'on aime quand on ne
sait pas que l'on aime. Et je crois que Jacques aime

Marguerite sans le savoir. Il n'y a pas si longtemps, c'était hier, il m'a dit : « Marguerite est une petite peste... Je voudrais qu'elle vous ressemble. » Et il y avait dans ses yeux une lumière que j'aimerais voir dans les yeux de...

Elle se tut en rougissant, confuse.

— Geneviève, dites-moi votre secret. Peut-être pourrais-je vous aider.

— De Guillaume... Je l'aime... Mais lui ne pense qu'à la mer, ne parle que de la mer, alors que Jacques parle aussi de Marguerite. Mais sans doute est-ce mieux ainsi car mon père n'accepterait pas notre mariage. Lui, le terrien, rejetterait sûrement le marin à la mer.

— Et si Guillaume vous aimait, Geneviève ?

— Il me semble que je l'aurais deviné.

— Je n'affirme pas, je ne sais pas. Mais, qui sait ? Vous avez caché votre amour, peut-être cache-t-il le sien.

— De l'amour ? Sous tant d'indifférence ?

— Guillaume est un être sensible, scrupuleux. Peut-être hésite-t-il. Il n'a rien, vous avez beaucoup. Et qui sait si votre entente avec Jacques ne lui donne pas à penser que vous aimez son ami.

— Si je savais cela !

— Que feriez-vous ?

— J'irais à lui.

— Voulez-vous que je le sonde ? Je le ferais si discrètement qu'il ne se rendrait compte de rien. Oui, vous le voulez. Vous n'osez le dire, mais vous le voulez. Je le vois dans vos yeux.

Geneviève prit la main d'André Sauviernes et la pressa sur sa joue.

— Merci, monsieur.

André Sauviernes sourit.

— Pourquoi ne pas me dire, au moins une fois, « grand-père » ? Cela me ferait plaisir.

— A moi aussi. Merci, grand-père !

ÉPILOGUE

D'un geste énergique, Geneviève repoussa les volets. Les deux battants se plaquèrent contre le mur avec un seul claquement sec et le flot doré du soleil déferla dans la chambre.

Marguerite grogna contre le bruit et la lumière.

— Qu'on me laisse dormir !

Et elle ramena son drap sur sa tête.

Avait-on idée de vouloir dormir quand il faisait si beau et que le bonheur vous attendait au détour d'un sentier !

Geneviève se retourna vers Marguerite, dont elle ne pouvait voir qu'une mèche de cheveux. Elle souriait en songeant aux réactions de la « reine Margot » qui ne manqueraient pas d'être vives.

— Réveillez-vous, jeune paresseuse ! cria-t-elle gaiement. Vite ! Debout !

Marguerite jaillit de dessous le drap comme un diable de sa boîte. Les cheveux en bataille, les sourcils froncés, les yeux étincelant de courroux, toutes griffes dehors, plus que jamais coquelet.

— Oh ! quel toupet ! Qui vous a permis d'entrer dans ma chambre comme chez vous ? Où donc vous croyez-vous ? Dans une écurie ? Je vous préviens, je ne suis pas une pouliche que l'on dompte.

Les attaques verbales, plus ou moins violentes, de Marguerite n'avaient jamais eu beaucoup de prise sur Geneviève, mais cette fois elles la firent rire.

Marguerite faillit s'étouffer de rage.

— Ne sois pas agressive, Marguerite. Dans un instant, tu le regretteras. Lève-toi et habille-toi vite.

— Et en plus elle me tutoie ! Tu te crois peut-être déjà la maîtresse de *la Roncière !* Tu me donnes des ordres !

D'un mouvement vif et rapide, Marguerite envoya son oreiller sur Geneviève, qu'elle manqua. Et Geneviève, non moins vive et rapide, le lui renvoya et elle ne la manqua pas.

— Debout, ourse mal léchée ! Faudra-t-il que je te tire par les cheveux pour te sortir du lit ? Tu n'as pas de temps à perdre. Dans un quart d'heure, Jacques m'attendra au bord du petit étang de la châtaigneraie. Silence ! Laisse-moi terminer ce que j'ai à dire avant de crier. Je ne serai pas à ce rendez-vous. Mais toi, tu y seras...

A genoux sur le lit, poings sur les hanches, Marguerite foudroya — du moins le tenta-t-elle — Geneviève du regard.

— Moi ? Et pourquoi, s'il te plaît, irais-je à un rendez-vous que Jacques t'a donné ?

— Mais, grosse bête, parce que je n'aime pas Jacques et que Jacques ne m'aime pas. Mais toi, tu l'aimes.

— Ah oui, vraiment, j'aime Jacques, ce coureur de mers ! Voilà qui est nouveau !

— Pourquoi nier la vérité ? Nous avons bavardé, monsieur Sauviernes et moi, tout à l'heure...

Marguerite devint aussi rouge qu'une pivoine.

— Oh ! c'est à toi que grand-père...

— Non ! Monsieur Sauviernes ne m'a pas dit que tu aimais Jacques, c'est moi qui le lui ai dit que je ne l'aimais pas.

Marguerite secoua la tête. Elle semblait indignée.

— Ne pas aimer Jacques ! C'est incroyable.

Cela fit rire Geneviève.

— Tu ne vas tout de même pas me le reprocher.

— Mais comment peut-on ne pas aimer Jacques ? Il est merveilleux !

— Comment ne puis-je aimer Jacques ? C'est bien simple : j'aime Guillaume.

Marguerite avait bondi, de la façon la plus inattendue, au cou de Geneviève.

— C'est magnifique ! Tout s'arrange !

— Pour toi, certainement. Mais pour moi... Guillaume ne m'aime sûrement pas. Il est si indifférent !

Marguerite éclata de rire.

— Grosse bête ! Grosse bête qui aime Guillaume et qui ne sait pas que Guillaume l'aime aussi !

Le cœur de Geneviève s'affola un peu. Mais Marguerite ne se moquait-elle pas d'elle ?

— Vrai ?

— Aussi vrai que je suis maintenant ton amie. Il me l'a dit lui-même.

Les deux garçons étaient déjà installés sous le grand tilleul, avec une pile de livres, des cartes marines et la maquette de leur bateau.

— Nous pourrions être au large de l'Australie pour Noël, fit remarquer Jacques.

— Ce qui serait formidable, ce serait de passer Noël à l'île Christmas.

Geneviève s'était approchée sans bruit. Mais aurait-elle martelé le sol de ses talons qu'ils ne l'auraient pas entendue. Ils étaient trop absorbés...

— Il n'est pas bon de faire des projets à trop longue échéance.

Guillaume releva la tête de sa carte.

— Pourquoi pas, Geneviève ? Les projets sont le sel de la vie. Ils effacent l'ennui.

— Mais ils apportent souvent la déception.

Etonné, Jacques regarda la jeune fille.

— Vous êtes bien pessimiste, ce matin.

— L'automne est encore lointain et je vous vois bien mal partis pour ce tour du monde.

— Vous n'êtes guère encourageante !

— Je ne cherche pas à vous encourager. Je vous avoue que votre projet me déplaît. J'aimerais d'ailleurs vous entretenir à ce sujet.

Jacques parut tomber des nues.

— Je vous écoute.

— Non, pas ici. J'aimerais un endroit plus... discret. Au bord du petit étang, par exemple. Soyez gentil, Jacques ! Allez m'y attendre quelques instants. Le site est joli...

Décidément, les filles étaient d'étranges créatures, faites de contrastes, pleines de surprises. On se faisait d'elles une certaine idée et l'on se trompait. Il avait cru Geneviève d'humeur toujours égale, un peu terre à terre, et voilà qu'elle se montrait capricieuse et romantique. Il avait bien envie de la renvoyer aux calendes grecques, mais il se plia à ses exigences.

Lorsque Jacques se fut éloigné, Geneviève se mit à rire.

Guillaume replia sa carte.

— Je ne vois pas ce qu'il y a de drôle !

— Jacques lui-même. Il avait l'air si ahuri ! Le pauvre, il ne doit rien comprendre à mon comportement !

Le visage de Guillaume eut une brève crispation.

— Je ne vous savais pas coquette, Geneviève. Je ne vous pensais ni cruelle ni capricieuse...

Geneviève regarda Guillaume, avec tant de douceur que le jeune homme en tressaillit.

— Je ne suis ni coquette ni capricieuse, et moins encore cruelle. Mais si j'avais dit à Jacques : « Courez vite à l'étang, Marguerite vous y attend », croyez-vous qu'il y serait allé ? Je ne le pense pas.

— Marguerite !

— Mais oui, Marguerite. Vous ne pouvez pas ignorer que Marguerite aime Jacques. Mais savez-vous que Jacques aime Marguerite ? Non, n'est-ce pas ? Mais moi, je le sais. Quand un garçon dit à une fille, en faisant allusion à ses qualités : « J'aimerais qu'elle vous ressemble ! », c'est de l'autre fille dont il est amoureux, même s'il en dit pis que pendre.

— J'étais sûr que Jacques vous aimait.

— Vous vous êtes trompé, Guillaume.

— Pauvre Geneviève !

— Vous avez raison, Guillaume. Pauvre Geneviève ! J'envie Marguerite d'être spontanée, d'oser dire ce qu'elle pense. Moi, je n'oserais pas. J'ai été élevée avec rigueur... On a étouffé mes élans sous une bonne éducation... Une petite fille ne doit pas faire ceci..., une jeune fille qui se respcte ne doit pas dire cela... Ce que l'on appelle une bonne éducation mériterait bien souvent le nom d'hypocrisie...

Geneviève s'était insensiblement rapprochée de la chaise longue où était étendu Guillaume.

— Si j'étais Marguerite, j'oserais dire... : « Je vous aime, Guillaume, et je sais que vous m'aimez... »

Guillaume tendit les mains vers elle, mais c'était un geste qui repoussait.

— Taisez-vous, Geneviève, je vous en supplie !

— J'ajouterais : « Je veux être votre épouse. »

— Taisez-vous !

— Marguerite ne se tairait pas. Pourquoi me tairais-je ? Je vous aime, Guillaume... Je vous aime, Guillaume...

— Mais vous avez tout et je n'ai rien.

— Je n'ai rien si je ne vous ai pas.

— Ne me tentez pas !

Elle s'agenouilla tout contre lui et mit sa tête sur sa poitrine, là où le cœur battait si fort qu'elle l'entendait résonner.

— Si, je vous tenterai... jusqu'à ce que vous

cédiez... Je vous aime... Je vous aime... Je vous aime...

Il y avait tant d'amour sur les lèvres qui murmuraient ces mots, tant de tendresse dans les mots eux-mêmes, que Guillaume céda enfin.

— Je vous aime... Je t'aime !

Et cette fois c'était lui qui le disait. Leurs lèvres se joignirent dans un premier baiser.

Le cœur de Marguerite était soudain si faible qu'il semblait sur le point de s'arrêter. Puis, l'instant d'après, il s'affolait, comme celui d'un oiseau pris au piège. Marguerite ralentissait alors sa course.

Ce n'était plus la Marguerite sûre d'elle, prête à renverser les obstacles, mais une Marguerite toute tremblante d'incertitude.

Et si Jacques ne l'aimait pas ? Sans doute Geneviève lui avait-elle affirmé que Jacques l'aimait sans le savoir, ou sans vouloir encore le reconnaître. « Il me parle de toi plus que de la mer. Il souhaite parfois te voir au diable, mais je vois bien dans ses yeux qu'il courrait t'y chercher si tu y étais. » Et si Geneviève se trompait ?

Un oiseau s'envola. Marguerite tressaillit et s'arrêta.

L'étang était maintenant tout proche. Quelques bouleaux se mêlaient aux châtaigniers et l'on apercevait, au-delà d'une clairière, un groupe d'aulnes.

Marguerite soupira. Le bonheur de toute sa vie allait se jouer dans un instant.

Quelle attitude prendre ? Comment aborder

Jacques ? Une vive émotion lui serrait le cœur, l'étouffait presque.

« Allons, Marguerite, il faut en finir ! Du courage ! »

Jacques était patient mais Geneviève se faisait attendre... Alors, pour détourner l'ennui qu'il sentait percer en lui, il s'amusait à compter les grenouilles. Dès que les gros yeux globuleux affleuraient l'eau, il marquait un point.

Cela lui rappelait son enfance. Alors il jouait avec Marguerite à dénombrer les batraciens de l'étang. C'est ainsi qu'il avait appris à compter à Marguerite.

Marguerite, toujours Marguerite ! Il ne pouvait faire un geste, dire un mot, sans l'évoquer... Il était avec Geneviève et de qui parlait-il ? De Marguerite. Il attendait Geneviève et à qui pensait-il ? A Marguerite. Cela tournait à l'obsession. Il avait beau fuir Marguerite en se réfugiant auprès de Geneviève, il ne l'oubliait pas. Il devrait bien, un jour ou l'autre, admettre la vérité et surtout l'accepter : il aimait Marguerite.

Mais, aimer Marguerite, n'était-ce pas se livrer pieds et poings liés à l'esclavage ? N'était-ce pas renoncer à la mer ? Elle était si exigeante ! Mais n'était-ce pas aussi et surtout être heureux ?

Une petite bulle vint crever à la surface de l'eau. Une grenouille s'annonçait. Une deuxième bulle...

— Jacques !

Jacques sursauta et se retourna.

— Tiens, c'est toi ? dit-il.

Au premier abord, l'accueil manquait de chaleur.

— Je te cherchais. Geneviève m'a dit que tu étais ici.

— Et alors ?

Décidément, il était décourageant, et elle avait grande envie de se mettre à pleurer. Elle n'avait plus guère d'illusions à se faire. Jacques ne l'aimait pas, c'était visible.

Sa décision fut aussitôt prise. Elle demanderait à l'oncle Charles de la reconduire à Montreveil.

— Je viens te dire adieu, dit-elle. Je pars.

Jacques reçut un coup au cœur.

— Tu pars ? Et où vas-tu, s'il te plaît ?

— Je rentre à Montreveil.

Comme elle était sérieuse ! Comme elle semblait triste ! Et ce n'était pas de la comédie, Jacques en fut brusquement certain, tout comme il fut persuadé — un pressentiment — que, s'il la laissait partir, il ne la reverrait pas... Alors, très vite, sans plus réfléchir, il saborda tous ses beaux projets. Adieu vastes océans ! Adieu liberté ! Bonjour, amour !

— Je te l'interdis ! s'écria-t-il.

Marguerite reprit aussitôt espoir.

— De quel droit ?

Le regard de Jacques fondit de tendresse. Il ouvrit les bras et Marguerite s'y élança.

— De quel droit ? répéta-t-elle en se blotissant contre lui.

— Du droit qu'Amour donne à celui qui aime.

— Parce que toi, tu m'aimes ?

— Parce que moi, je t'aime.

Marguerite soupira de bonheur.

— J'ai eu si peur, Jacques. Si peur que tu ne veuilles pas le reconnaître. Moi, je t'aime tant ! A en mourir !

Toujours excessive, mais c'était bon à entendre.

— Et moi, je t'aime à vivre. Toute la vie...

— Et l'éternité en plus !

— Et l'éternité en plus !

Et ainsi commença pour Marguerite et Jacques, comme pour Geneviève et Guillaume, l'été du bonheur.

Un été parmi tant d'autres !

FIN

Achevé d'imprimer
le 17 juillet 1978
sur les presses
de l'imprimerie Cino del Duca,
18, rue de Folin, à Biarritz.
N° 322.

Dépôt légal n° 389.   3ᵉ trimestre 1978.